クリス・ダレーシー
三辺律子〔訳〕

竹書房文庫

The Fire Within

by

Chris d' Lacey


Published by arrangement with ORCHARD BOOKS,
a division of the Watts Publishing Group Ltd
through Japan UNI Agency, Inc.,Tokyo



竹書房

## 第一部　はじまりの花火


《ウェイワード・クレッセント》へようこそ　12
引っ越し　19
ベーコンさんに会う　27
デービット、荷物をとく　30
不思議なこと　38
とびきり特別な龍　43
図書館へ行く　52
緑の指のジョージ　58
願いの噴水　63
インスピレーション　68
厄介なこと　81
屋根裏で　91
リスの捕まえ方　96
捕まえた!　101
目撃　110
ボニントン、行方不明になる　119
誕生日の思いつき　125
リス違い　131
リス、家の中に入る　137


## 第二部　内なる炎


特別なプレゼント　142
ドングリかいじゅうの正体　152
ベーコンさんの庭で　163
世界最後の龍　172
ガウェインを探して　184
恐ろしい病気　192
スランプ　202
「室入禁止」　213
コンカー見つかる　223
野生動物病院　231
まあ、ソフィー　243
決断のとき　253
バイバイ、コンカー　258
やあ、グラッフェン　266
スパイ　276
最後のお話　283
リス探しゲーム　291
自然の摂理　301
戻ってきたデービット　309
炎の涙　315
ガズークスを焼く　323
繋がり　332
コンカーの木　338

作者より、読者のみなさんへ　346
訳者あとがき　348

## 『龍のすむ家』の主人公たち

### ◉主な登場人物

**デービット・レイン**
スクラブレイ大学の学生。ペニーケトル家に下宿することになる。

**エリザベス・ペニーケトル**
ペニーケトル家の女主人。龍の置物ばかりを作る陶芸家。愛称、リズ。

**ルーシー・ペニーケトル**
リズのひとり娘。やんちゃで野生動物が大好き。愛称、ルース。

**ヘンリー・ベーコン**
ペニーケトル家の風変わりな隣人。図書館で働いている。リズとは犬猿の仲。

**ソフィー・プレンティス**
野生動物保護活動のボランティアをしている。

**ジョージ・ディグウェル**
スクラブレイ図書館公園の庭師。通り名は「緑の指のジョージ」。

### ◉ペニーケトル家の龍たち

**ガズークス**
デービットの特別な龍。物語を書く鉛筆とノートを持っている。愛称、ズーキー。

**グウィネヴィア**
リズの特別な龍。ほかの龍たちの女王のような存在。

**ガウェイン**
ルーシーの特別な龍。正真正銘、世界最後の本物の龍らしい。

**グウェンドレン**
ルーシーのもう一匹の特別な龍。ルーシーにとてもよく似ている。

**グレース**
ソフィーの特別な龍。貝殻の耳をし、いろいろな話を聞いてくれる。

**グラッフェン**
《龍のほら穴》の新米の番人。しょっちゅう飛び回っている。

### ◉クレッセント広場とスクラブレイ図書館公園のリスたち

**コンカー**
とちの実という意味。片目を怪我している。ルーシーのお気に入り。

**スニガー**
にやにや笑いという意味。デービットが図書館公園で発見する。

**リングテイル**
尻尾(テイル)にリング状の黒い毛が生えている。スニガーの親友。

**チェリーリー**
名前の由来は缶詰のライスプディングから。とても美人。

**バーチウッド**
白樺(バーチ)のような白い腹をしている。リスたちの中のボス的存在。

**シューター**
鉄砲撃ちという意味。ベーコンさんの庭に鉄砲玉のようにドングリを埋める。

### ◉ペニーケトル家の英雄(?)

**ボニントン**
ペニーケトル家の飼い猫。有名な登山家の名前をいただいてる。愛称、ボナーズ。

龍のほら穴
窯焼き中
入室禁止

ジェイに捧ぐ。

スニガーの最初の飼い主にして、ほぼまちがいなく最後に笑う者。

この本が生まれるのに力を貸してくれた、次の方々に感謝を捧げます。
最初に飛んだ龍のバットとパフ、それから
ズーキーを焼いてくれたヴァル・チヴァースに。

粘土とはすばらしいものだ。
層のある水晶のような構造をしている。
粘土の中には、発展の傾向ともいうべきものがある。
……粘土はもくろみを持っている。

『命の流れ』ライアル・ワトソン(Hodder & Stoughton 1979年刊)
＊原文は『粘土のコロイド化学』H.ヴァン・オルフェン
(Interscience Publishers 1963年刊)

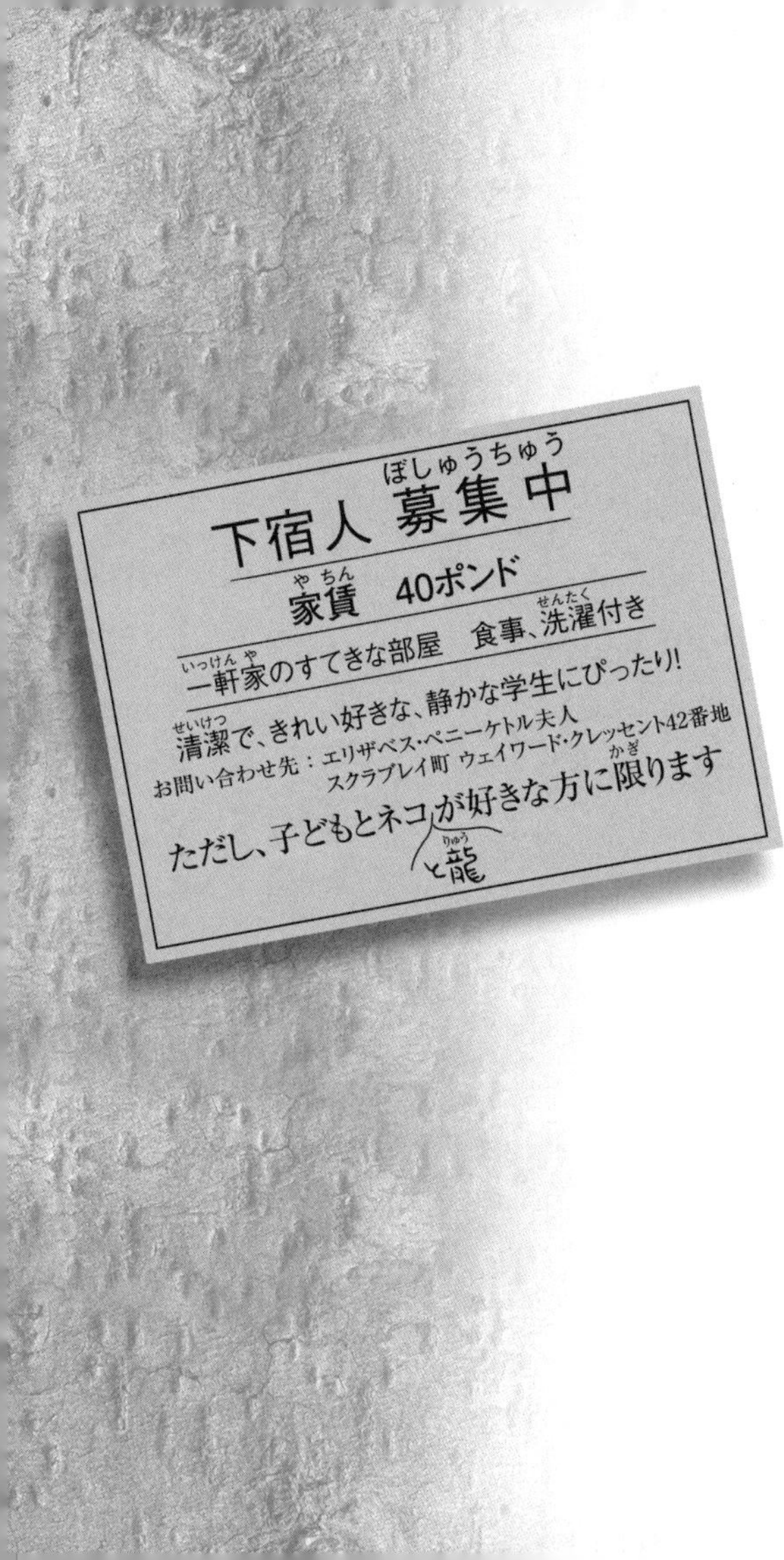

下宿人 募集中《ぼしゅうちゅう》
家賃《やちん》 40ポンド
食事、洗濯《せんたく》付き
一軒《いっけん》家《や》のすてきな部屋
清潔《せいけつ》で、きれい好きな、静かな学生にぴったり!
お問い合わせ先：エリザベス・ペニーケトル夫人
スクラブレイ町 ウェイワード・クレッセント42番地
ただし、子どもとネコが好きな方に限《かぎ》ります
と龍《りゅう》

エリザベス・ペニーケトルさま
スクラブレイ　ウェイワード・クレッセント通り　42番地

ペニーケトルさま

お願いがあります！　今、住むところがなくてとても困《こま》っています。次の週から、スクラブレイ大学の地理学の授業《じゅぎょう》が始まるのですが、まだ下宿先を見つけられていないのです。

わたしはとても清潔ですし、同じ年（20歳《はたち》）の学生としてはきれい好きです。趣味は読書ですから、概《がい》してとても静かな趣味《しゅみ》です。子どもとはいつも仲良くなりますし、大のネコ好きです。

ランカシア州ブラックバーン サウシャル通り4番地
デービット・レイン

追伸《ついしん》：残念ながら、近ごろでは龍《りゅう》は見かけないので、
この件《けん》は問題ないと思います。

# 第一部　はじまりの花火

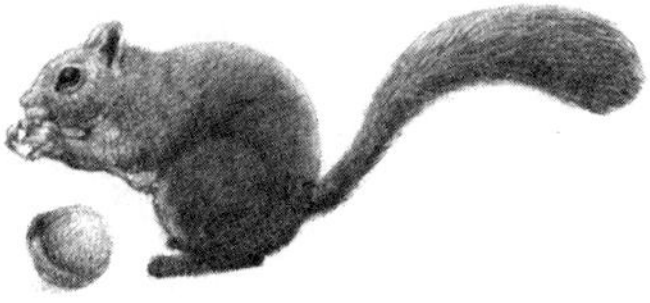

# 《ウェイワード・クレッセント》へようこそ

「さあ、ここですよ」ペニーケトル夫人は下宿部屋の前で立ちどまった。そして両手を握りしめると、にっこり微笑んだ。「正式にはここが食堂なのだけど、最近はたいてい台所で食べているの」

横に立った若者は礼儀正しくうなずくと、根気よく肩からずり落ちた鞄を掛け直した。

「なるほど。えーと、見せていただいても……」

「本当は物置だったのよ」声がした。

ペニーケトル夫人は、クウッとメンドリのように喉を鳴らした。

お客は振り向いた。台所の入り口に、小さな女の子がもたれるように立っていた。ジーンズにだぶだぶのシャツをはおり、スニーカーのかかとに濡れた芝生がくっついている。

「今は、ガラクタはぜんぶ屋根裏に行ってるわ」

「で、あなたはどこに行ってたの？」ペニーケトル夫人は聞いた。

「庭よ。コンカーを探してたの」女の子は答えた。

「コンカーってトチの実のことだよね？　トチの実を拾うにはまだ一、二週間早くないかい？」若者が尋ねた。

「拾うんじゃないわ。探してたのよ」

お客は眉を寄せた。

ペニーケトル夫人はため息をついて、紹介した。「デービット、娘のルーシーよ。悪いけど、いいいもれなくこの子もついてくるわ。ルーシー、こちらはデービット。部屋を見にいらしたの」

ルーシーは麦わら色の髪を嚙みながら、お客を上から下までゆっくりと眺めた。

母親は、もう一度勧めてみることにした。「精いっぱい片づけたのよ。角に机があって、もちろん電気スタンドもついてるし、洋服ダンスは中古品屋で買ったの。ベッドもすばらしいとは言えないけれど、真ん中にある伸びたスプリングの上に寝ないようにすれば問題ないわ」

「ママ？」

「なによ？」

「ピーチクパーチクしゃべってないで、まず見せれば？」ルーシーはハアッ、と怒ったようにうなって廊下に出てくると、二人と並んだ。「ママはいつもこんなじゃないの」ルーシーはデービットに向かって言った。「ただ、人に部屋を貸すのははじめてだから」そして母親が〝ピーチクパーチク〟言い返す前に、手を伸ばしてぐいとドアを押し開けた。デービットは愛想よく微笑んでから、中に入った。ラベンダーのすがすがしい香りがただよい、ウィンドベルのチリンチリンという穏やかな音とまざりあった。なにもかもが説明にあったとおりで、申し分ない。ただ……。

「あれはなんです?」デービットはベッドのふくらみを指さした。

エリザベス・ペニーケトルは決まり悪そうにうめいた。そしてぱっと部屋の中へ入ると、たたんであった赤い模様の布団の下に飛びこんだ。

「ボニントンよ。ネコなの」ルーシーは言って、にやりと笑った。「いつもなにかの下にいるのよ。新聞の下とか、布団の下とか、なんでもね。ママはいつも、また足の下にいるって言ってるわ」

デービットはにやっとして、鞄を下ろした。「ボニントンか。ネコにぴったりの名前だね」

ルーシーはうなずいた。「ママが、どこかの登山家の名前からとったの。理由は知らないわ。本人は、お手玉にも登れないのにね。まあ、登れたとしても、うちにはないのよ。〝お手玉〟と〝お手洗い〟を聞き間違えて、上にフンをしちゃったから」

「なるほど」デービットは不安そうに布団のほうを見た。おろしたてのベッドカバーを熊手のようなかぎ爪でガリガリとひっかきながら、ペニーケトル夫人が茶色いぶちネコをつかんで現れた。カールしていた赤毛がくしゃくしゃになって薄汚いモップみたいになっている。申し訳なさそうに顔をしかめると、ボニントンをドサッと出窓の台に放り投げて、ぞんざいに庭の外へ追いやった。

デービットは、話を先に進めた。「ここから大学まで行くバスはありますか？」

「山ほどあるわ」ルーシーが答えた。

「一時間に三本よ」母親も慌ててぺしゃんこになった髪を直しながら、相槌をうった。「それに自転車を持っているなら、物置に置いてかまわないわ。間に合わないときは、わたしと車で町へ出ればいいし。〝龍たち〟が一緒でもかまわなければね」

「もちろんです」デービットは言って、指を一本立てた。新聞販売店のウィンドウにあったカードの文章が浮かんできた。《ただし、子どもとネコが好きな方に限ります。それから……。

「彼みたいな」ルーシーは、板で塞いである暖炉の上の棚を指さした。棚の真ん中に、デービットが今まで見たこともないような、小さな陶器の龍が座っていた。火を吹いて中世の乙女をさらうような、恐ろしい龍ではない。かといって、マンガ風のかわいらしい感じでもない。楕円の形をした目に燃えるような誇りを宿し、自分が得がたい存在で、この世に確固たる居場所があるのをわかっている、そんなふうだった。ほっそりと伸びた体は緑色に塗られ、うろこの縁だけほんのり青くなっている。二本の平べったい足でまっすぐ体を起こし、矢の形をした尾が背中の上でくるりと巻いていた。波形の翼が四枚（大きいのが二枚、小さいのが二枚）、背中から肩にかけて扇のように広がっている。三角形のうろこが、背骨にそって旗のようにぴんとたって並んでいた。

デービットは龍を手に取った——そして、もう少しで落としそうになった。「温かい！」

デービットは驚いて目をぱちくりさせた。

「そりゃそうよ、だって……」

「ずっと日なたに置いてあったからね」ペニーケトル夫人が慌てて娘を遮った。そしてデービットから龍をとり上げると、そっと棚に戻した。日の光がちょうど龍にそそがれていた。

「うちには龍がたくさんいるのよ」ルーシーは興奮をおさえきれないように言った。

デービットは微笑みながら、龍の鼻づらに触れた。一瞬、不思議なことに、大きく張り出した鼻にうっすらと灰が積もっているように思えた。表面を親指でさっとこすってみたけれど、埃のようだった。「集めているんですか？」

ルーシーは、ポニーテールにした髪を激しく振った。「わたしたちが作ってるのよ」

「わ、わ、わたしが」母親は言いなおした。

「わたしは修業中なの。《ペニーケトル工房》っていうのよ。有名なんだから。市場で火曜と木曜と土曜の午後にお店を出しているの。スクラブレイ・ガーデンセンターで陶器市があるときは、そこでも売るのよ。たくさんの人が買うんだから」

「わかるよ」デービットは感心したようにうなずいた。「ここで作っていらっしゃるんですか？」

ペニーケトル夫人は天井を指さした。

「部屋を一つ、小さなアトリエにしているの」

「《龍のほら穴》って呼んでるのよ」ルーシーは謎めいた口調で言った。そして両手をうしろに組むと、肩をゆらした。「でも、あなたは入れませんからねー」

「ルーシー、からかうのはおよしなさい」母親がたしなめた。そしてデービットのほうに向き直って言った。「引っ越しがすんだら、ぜひご案内するわ。ああ、もちろん、ここを借りてくださることになったらということだけど」

デービットはくしゃくしゃの茶色い髪を撫でつけた。龍か。今までの下宿とは大違いだ。せいぜいクモか、たまにネズミが出てくる程度だったから。「よろしくお願いします」デービットは言った。「思っていたとおりのところです。もしあなたと、龍たちがいいと言ってくださるなら、すぐにでも移ってきたいと思います」

「リズでいいわ」ペニーケトル夫人はにっこりして、手を差し出した。「大歓迎よ。ねえ、ルーシー？」

ルーシーは鼻をひくひくさせた。「まだ、もうひとつあるわ。聞かなきゃいけないことが」

「もうひとつ？　なによ？」リズが聞いた。

ルーシーは顔を輝かせて、直接デービットに向かって言った。「ねえ、好きかどうか聞かせて。リ……」

# 引っ越し

「…リンゴのことよ」またもやペニーケトル夫人は割って入った。「今夜はシェパードパイ【ひき肉をマッシュポテトで包んで焼いたもの】なの。リンゴは食べられる？」

「ええ、まあ」下宿人はちょっと面食らったような顔をして答えた。

ルーシーは母親の顔を正面から覗きこんで、うなった。「ママ、わたしがリンゴって言おうとしたんじゃないことくらいわかってるでしょ！」そして不機嫌そうに、フン！と鼻を鳴らして、うしろを向いた。「もう一度、コンカーを探してくる」

「いいえ、だめよ」母親は言って、ルーシーの肩をつかんだ。「ジャガイモの皮をむくのを手伝うんです」そして、スーパーのカートのようにルーシーをずるずるとドアのほうに押していった。「ゆっくりしていて、デービット。なにかあったら、遠慮なく呼んでちょうだいね。夕食は一時間後。いい？」

「もちろんです」デービットは礼儀正しくにっこり笑って返事をしたものの、心の中ではまだルーシーがなにを言おうとしていたのか不思議に思っていた。でも、本能的に聞かないほうがいいような気がしたので、かわりにもっと急を要する質問をした。

「すみませんが、お手洗いはどこですか?」

「階段を上がって左よ。あとであなた用のタオルを出さなきゃね。忘れていたら催促してちょうだい」リズは言った。

デービットはうなずいた。「ちょっと失礼」デービットはちらりとルーシーを見てから、廊下に出た。

「ずるいわ」ルーシーは腕を組んで文句を言った。

「台所」母親は指さした。

それでおしまいだった。

デービットは首を振って、階段を上がりはじめた。第一印象が決め手になるとすれば、ペニーケトル親子との暮らしは、少しばかり変わっているかもしれないけれど、面白くなりそうだった。誇り高い目をした龍たち。おかしなネコ。窓のウィンドベル。正体不明のコンカーなる人物。それから、これ……。

デービットは階段の上でゆっくりと足をとめた。正面のドアにかかった札に、目が吸い寄せられていた。

龍のほら穴

文字は金と緑の塗料で描かれ、周りをあざやかなオレンジ色の炎が取り囲んでいた。デービットは階段の手すりを人差し指でコツコツと叩いた。中を覗いてみたいという気持ちがむくむくと湧き上がった。けれど、アトリエのドアはしっかり閉まっていたし、万が一、リズが上がってきて、デービットがこそこそしているのを見つけたら、それこそ「よろしく、ミスターレイン」どころか「さようなら、ミスターレイン」だ。もちろんシェパードパイもなし。デービットはなんとか誘惑を退けると、お手洗いへ入って電気をつけた。

そこで、二匹目の龍に会った。

その龍は、お手洗いのタンクの上に置いてあった。一階の龍よりも青の色が濃い。洗面所に合っている、とデービットは思った。翼はこちらのほうが小さいけれど、鼻は長くて、独特の隙のない表情を浮かべている。もう一匹の龍のように温かくはないけれど、かすかにバラの香りをただよわせていた。まるで香りを発する特別な釉薬《うわぐすり》でも掛けたようだ。デービットは龍をうしろに向けた。龍が見ている前で、ファスナーを開けるわけにはいかなかったから。

夕食のころには、リズとルーシーもさっきの諍《いさか》いのことは忘れて、デービットはすっかりくつろいでいた。シェパードパイを山盛り二杯も食べ、チーズケーキを一切れとジンジャービールも飲み、リンゴの付け合わせにいたっては、今まで食べたなかでいちばんおいしいと断言した。食事のあと、みんなは居間に移った。ボニントンは、指定席をとられて、デービットの膝の上で丸くなった。

ルーシー・ペニーケトルは、休みなくしゃべり続けた。ルーシーは下宿人のことをすべて知りたがった。そして、それよりなにより、下宿人に自分のことをすべて知ってもらいたがった。デービットは辛抱強く耳を傾けた。おかげで、ルーシーの学校の勉強の進み具合とか、母親が下宿人を置くことにしたのを友だちがどう思っているかとか、大きくなったらなにになりたいかなどを、ぜんぶ知ることになった。

「今よりはおしゃべりでないことを祈るわ」母親が口をはさんだ。

「曲芸師になるの」ルーシーは宣言した。「水着を着て、空中ブランコに乗るのよ。わたしが逆立ちするのを見たいでしょ？」

「もちろん、見たくないでしょうね」母親がかわりに答えた。

ルーシーはひるむ様子もなく肩をすくめて、デービットに向かって言った。「あと、動物たちを助けるの。動物は好き？」

「ネコは好きだよ」デービットは、ボニントンのせいで筋肉がけいれんを起こしかけていたけれど、そう答えた。

ルーシーの目がきらりと光った。「リスは好き？」

「ルーシー、もう寝る時間は過ぎているわ」母親が言った。

ルーシーはふくれて、時計を見た。「ねえ、どう？」ルーシーはしつこく食い下がって、デービットのつま先をつついた。

「ルーシー」母親が言った。「あなたがあんまりしゃべるから、デービットは眠そうじゃない。リスのことなんかで、わあわあ言われたくないのよ」

ルーシーはかっとして言った。「わたしはただリスが好きかって聞いただけよ、ママ！」

「アカリスはかわいいよね」少しでも雰囲気を和らげようとして、デービットは口をはさんだ。さっきルーシーが聞きかけた「もうひとつ」のことはリスだったに違いない。

驚いたことに、ルーシーはショックを受けた顔をした。「ハイイロリスは好きじゃないの?」

「ルーシー、今夜もお話をして欲しいなら、今すぐ上へ上がりなさい」

「お願いだから、ハイイロリスも好きって言って」ルーシーは囁いた。大きく見開いた明るい緑色の目に、訴えるような表情が浮かんでいる。

「ハイイロリスも好きだよ」デービットはそう言わないわけにはいかなかった。それからちょっと声を低くして尋ねた。「コンカーっていうのはリスのこと?」

「そう!」

「寝なさい。今すぐ」リズは雑誌をドサッと放り投げると、セーターの袖をまくった。

ルーシーはこれを最後の警告と受け取ったのか、急いでソファーの上のジャンパーをひっつかむと、ドアのほうへ向かった。そして「おやすみ、おやすみ」とさえずるように歌いながら、ドタドタと階段を上がっていった。

ルーシーの足音が聞こえなくなると、デービットは申し訳なさそうに、ちらりとリズのほうを見た。「すみません。言わないほうがよかったんでしょうか……その……?」

リズは笑って、首を振った。ちょっとは腹を立てていたものの、半分は面白がっていた。

「ルーシーは野生動物が大好きなの。特にリスがね。今朝、もしあなたが部屋を借りることになったら、少なくとも一日はリスのことを言わないって約束したのよ。あの子のタイミングは、いつもちょっとずれているのよね。あなたに迷惑がかからないようにしようと思ったの。今日は最初の晩だし」

「大丈夫です」デービットは言った。「面白いお子さんですよね、本当に」

「そうねえ、そう言っていられるのも今のうちね。週末までには、ノアがリスだけは方舟《はこぶね》に乗せないでくれればよかったのにって思うようになるでしょうよ」リズは立ち上がると、小さなスピーカーの上に立っている荒っぽそうな顔つきの龍を倒さないように気をつけながら、カーテンを閉めた。

デービットはボニントンの背中をそっと撫でた。「このあたりは緑が多いですね。リスもたくさんいるんでしょう?」

ところが意外にも、リズは首を振った。「今はいないの。オークの木がなくなってからはね」

デービットは片方の眉を上げた。「オークがあったんですか?　この庭に?」

「クレッセント広場にね。ベーコンさんの家の隣にある三日月《クレッセント》形の広場よ。ベーコンさんっていうのはうちのお隣なの、こちら側のね」リズは煙突のある壁のほうを指さした。「二、三か月前に伐《き》られたの。お知らせがドアにはさんであってね。根が道路を傷めているって。わたしにはそこまでひどいようには見えなかったけど、わかっている人にはわかってるんでしょう。ルーシーは打ちのめされてしまってね。何日も泣いてたわ。そして木がなくなると、一緒にリスたちもいなくなってしまった。それ以来、あの子はずっとリスたちを探してるのよ」

「コンカー」デービットは、ようやく事情が飲みこめてきた。「ぼくが来たとき、ルーシーはコンカーを探していた」

「ええ。木がなくなって以来、あの子が見たのはコンカーだけなの。リスたちは新しい餌場を探して散り散りになってしまったんだと思うわ。もうクレッセントではなにも見つからないから」

デービットはかすかに眉を寄せた。「それならなぜコンカーはまだ残ってるんです？ ほかのリスたちが逃げていってしまったなら、どうして一緒に行かなかったんだろう？」

リズは屈んでルーシーの靴を拾った。「ルーシーは、コンカーは怪我をしているからどこへも行けないんだって言ってるわ」

「怪我？」デービットがわずかに姿勢を正したので、その動きでボニントンは目を覚まし、魚のにおいのするあくびをしてすとんと床に下りた。

リズはドアを開けて、ネコを出してやった。「片目しかないの」リズは言った。

# ベーコンさんに会う

次の日の午後、デービットの荷物が山のように到着した。荷物の入った大量の箱は、車体に《ドネリー害虫駆除サービス》という文字の入ったバンで届けられた。ブライアン・ドネリーはデービットの友だちのおとうさんだったけれど、ウェイワード・クレッセントの住人は誰一人そんなことは知らなかったから、ご近所のなかには、嫌な顔をしてこちらの様子をうかがっている人たちもいた。どうしてペニーケトル家の前に害虫駆除のバンが止まっているのだろうといぶかしく思っているようだった。

エリザベス・ペニーケトルは、そんなことは気にも留めなかった。それどころか、デービットとドネリーさんが箱を運び入れている間、車の番をかってでた。

ベーコンさんに見つかったのは、そんなふうに見張り——というより、油断していたときだった。

「ノミですかな?」ベーコンさんはリズの耳元で囁いた。

「ヒッ!」リズは叫んで、手を胸に当てた。そして相手が誰だかわかると、これ見よがしにうめき声をもらした。リズとヘンリー・ベーコンは犬猿の仲だった。「驚かせないで！」リズは鼻息荒く言った。「跳び上がったわよ」

「ほら、それも徴候だ」ベーコンさんは言って、唇をすぼめた。灰色の口ひげがピクピクと動いた。「油断ならない悪党だ、ノミってやつは。自分の身長の四十倍も跳びやがる。そして足首をチクリとやる。そこいら中に赤いブツブツだ。夜中に地獄のようにかゆくなる」

リズはもぞもぞと体をくねらし、腕をぽりぽりと掻いた。

「いやなやつらだろ?」ベーコンさんはさらに続けた。「次は首を狙ってくる。袖の中を這い上がって、まっすぐ首に向かってくるんだ。前に、耳にノミが入りこんじまったやつがいてな。いいかな、これからは首輪をつけておいたほうがいいですぞ」

ペニーケトル夫人の顔を暗い影がよぎった。「なんのことです?」

「お宅の汚らしいネコのことさ」

「もう一度言ってもらいましょうか！」

ちょうどそのとき、デービットがバンのところへ出てきた。「どうしたんですか?」デービットは、大家さんの頰が真っ赤になっているのに気づいて尋ねた。

「ベーコンさんよ。お隣の」リズは言って、そっと歯ぎしりした。デービットは挨拶をした。ベーコンさんは、フェルト帽を持ち上げた。「ベーコンさんは、ボニントンがノミだらけだとお考えなの」リズはバンのほうに頭を傾げた。

デービットはすぐに事情を飲みこんだ。「そうは思いませんが」デービットはためらいがちに言った。「ボニントンが体を掻いているのは見たことないですからねえ。もしかしたら、さっきぼくがお隣の庭で見たネズミからうつったのかもしれないな」

「ネズミだって？」ベーコンさんは叫んだ。

「お宅はどちら側ですか、ベーコンさん？」

ベーコンさんは返事をしなかった。そして、これ以上ないというくらい早足で去っていったが、あんまり急いだので、フェルト帽がすっ飛んでしまった。リズがぺしゃんこにする前に、デービットは拾い上げた。

「本当？」リズは尋ねた。「本当にネズミを見たの？」

デービットは帽子をベーコンさんの家の門柱にかぶせた。「大きなふわふわのしっぽのネズミって見たことあります？」

リズは首を横に振った。

「ぼくもないな。ってことは、ぼくが見たのはリスですね」下宿人は言った。

# デービット、荷物をとく

「あの子を見たのね！」その日の夕方、学校から帰ってくるなり、ルーシーはデービットの部屋に飛びこんできた。

デービットはちょっとよろめいて、肩越しに振り返った。踏み台の上でぐらぐらしながら、棚に本を重ねているところだった。部屋はどこもかしこも、半分開いた箱で溢れ返っていた。どの箱にも、埃っぽい物がごちゃごちゃと詰めこまれている。雑誌、CD、ポスター、ラジオ、アメリカのスペースシャトルのプラモデル、旅行用の目覚まし時計、高価そうなカメラ、パソコン、それから本が少し。

「誰を？」デービットは聞き返した。

「コンカーよ！」ルーシーは体をくねらせてリュックサックを床に下ろすと、眉にかかった毛をふっと吹いてはらった。そして窓に駆け寄ると、背伸びして、一心に庭を覗きこんだ。「ママに聞いたの」ルーシーは、まさに息もつかずにしゃべり続けた。「ベーコンさんをだましたって。ネズミを見たって言ったけど、本当はコンカーを見たんでしょ？」

デービットは本の埃を吹きとばした。「リスを見たんだ。コンカーかどうかはわからないよ。遠かったし。ベーコンさんの家の池のそばだ。コンカーは目が片方しかないんだろう?」

ルーシーは、手から先にドシンとうしろの壁にぶつかった。「そうよ。どうして知ってるの?」

「心の中が読めるのさ」デービットは気味の悪い声を出して、ルーシーに向かって指をくねくねとくねらせた。

ルーシーはたじろぐ様子もなかった。「ママに聞いたのね」ルーシーは鼻をフンと鳴らした。「ずるいわ。コンカーはわたしのリスなのに」

「コンカーは野生の動物さ。誰かのものじゃないだろ、ルーシー」デービットは踏み台を下りると、また本を数冊拾い上げた。「どうやって名前をつけたんだい?　リスをほかのリスと見分けるなんて、できないと思ってたよ」

ルーシーはさっと部屋を横切ると、古いギターをベッドの真ん中に押しやって、ドサッと自分が座った。「できないわ。しっかり見なきゃね。わたしは五匹に名前をつけたの。教えてあげましょうか?」

「いや――」

「いいわよ。まずコンカー。なぜコンカーかっていうと、足の周りに赤っぽい毛が房になって生えているからなの。リスはみんな生えてるけど、コンカーのは茶色っぽいのよ、トチの実みたいにね」

「なるほど」デービットは言って、箱からスペースシャトルを出すと、どこに着陸させようかと周りを見回した。

「次はリングテイル。見ればすぐわかるわ。尻尾《テイル》にリングみたいに黒い毛が生えてるの。それからチェリーリー。すごい美人よ。缶詰のライスプディングの名前からとったの」

「ライスプディング？」

「わたしの好物なの。いつも食べてるのよ」

「いいね」ライスプディングが特に好きというわけではないデービットは曖昧に呟《つぶや》いた。そしてスペースシャトルを暖炉の棚に置いたが、そのときはじめて、なくなっているものに気づいた。「あ、龍がいない」

ルーシーは靴下を引っぱり上げながらうなずいた。「ママがアトリエに戻したんだわ」

「どうして？　ぼくは好きだったのに」

ルーシーは振り返って、開いた窓のほうを見た。暖かいそよ風が吹きこんで、カーテンが小さく波うち、ウィンドベルがチリンチリンと静かに鳴った。「きっと……ううん、知らないわ」ルーシーはばつが悪そうに言った。「どこまで教えたっけ？」

「コンカー、リングテイル、チェリーリリー」デービットは、どうしてルーシーは窓のほうを見たのだろうと思いながら呟いた。でも、特に変わったものも見あたらないので、肩をすくめてまた荷物をときはじめた。

「シューター（鉄砲撃ち）を忘れてた」ルーシーはしゃべり続けながら、横にある箱の羽《はね》蓋《ぶた》をパタンと開けた。「シューターは、ベーコンさんのうちの芝生に鉄砲玉みたいにドングリを埋めるもんだから、ベーコンさんは怒ってるの。芝生からオークの木が生えるって。これはなにが入ってるの？」

「どう猛なワニ」

ルーシーはキャッと悲鳴を上げて、うしろに下がった。それから思い切って中を覗いた。

「本じゃないの！」ルーシーは舌を鳴らした。

「正解」デービットはそう言って、ルーシーの鼻を軽く叩いた。「そうじゃなきゃ、今ごろ、ここにパクリだ」そして、ルーズリーフのバインダーをベッドの上に置いた。「五番目のリスの名前は？」

ルーシーは、今にも空に飛んでいきそうな勢いで言った。「バーチウッドよ！　しょっちゅう、ほかのリスたちを追っかけてたの。大きな白いお腹をしていて、毛が光ってるの

よ。白樺《バーチ》の木の皮みたいに。どこか遠くへ行っちゃってればいいのに、ケンカばかりして

たから」

デービットはうなずいて、なるほどと思いあたった。「コンカーが目に怪我をしたのは

それじゃないか？　バーチウッドとケンカしたとか」

ルーシーは一瞬、考えてから首を振った。「本当にケンカするわけじゃないの。ただ歯

をむいてうなって、ほかのリスたちを追いはらうのよ。いじめっ子ね。わたしはあまり好

きじゃないわ。そこのテディベアを見せて、お願い」ルーシーは丸めたポスターのうしろ

からわずかに覗いているクマの鼻づらを指さした。

デービットは箱から金色の毛のテディを引っぱりだした。

「なんていう名前？」

「ウィンストン。気をつけて。左の耳がとれそうなんだ」

ルーシーはクマを抱きしめた。「一緒のベッドで寝るの？」

「いびきをかかないと約束すればね。ボニントンは？　ボニントンはリスたちを追いかけ

たりしなかったの？」

ルーシーは、激しくおさげを振った。「たまに塀の上に座ってリスたちを見ていたけど、

一度も飛びかかったことはないわ。ぜったい目をひっかいたりしない」

「ふーむ」デービットはまだ確信が持てずに言った。「コンカーの怪我はどのくらい悪いんだい？　きみは見たの？　近くで？」

ルーシーはウィンストンを膝にのせたまま、前に乗りだした。「一度、小鳥の餌台に来たの。それで、ピーナッツをあげようと思って、そっとうしろから近づいていったのよ。そのとき、見たの。閉じてたわ、こんなふうに」ルーシーは思いきりぎゅっと片目をつぶって見せた。「コンカーって呼んだら、飛び上がって驚いたの。でも、すぐに逃げるかわりに、芝生の上をぐるぐる回りだしちゃったのよ。わたしもぐるぐる回って見ていたんだけど、そのうち頭がくらくらして転んじゃった。立ち上がったときには、もういなくなってたの。わたしの足の周りを三回、ううん、四回も回ったのよ。あの子を助けるのを手伝ってくれるでしょ？」

「助ける？　どういう意味？」

「コンカーをリングテイルやチェリーリーが行ったところに連れていってやりたいの」

下宿人はぷっと吹き出した。「ルーシー、野生のリスを捕まえることはできないよ」

「でも、ひどい状態なのよ」ルーシーは言って、さらに効果を高めようとウィンストンの前足をパタパタと振った。「どんどん痩せてきちゃって、骨が浮いて見えるのよ。それにもし、コンカーに怪我をさせた相手が戻ってきたらどうするの？　もしもうひとつの目もやられちゃったら？　リスは好きだって言ったじゃない。コンカーを助けるのを手伝ってよ、お願い」

デービットは首を振って、また箱のほうを向いた。「自然に干渉するのはよくないよ、ルーシー。そもそも、リングテイルやほかのリスたちがどこに行ったのかもわからないんだろ？」

「どこかすてきなところよ」ルーシーは、予想というより希望を呟いた。それからうなだれて、しょんぼりと足をぶらぶらさせた。

「いいかい」デービットは、丸めたポスターでルーシーの膝をコツンと叩いた。「もしコンカーが本当に危ない目にあうようなことがあったら、彼を救うためになんでもするよ。本当に危険だったら、ってことだよ。いいね？　でも、必要以上に心配しすぎていると思うよ。彼がうまくやる可能性はある。ほら、元気出して。ひとつ、お願いがあるんだけど？」

「なに？」ルーシーはすっかり元気をなくした声で訊《き》いた。

「ママのところへ行って、ぞうきんを借りてきてくれないかい？」

ルーシーは首を振った。「今は、邪魔しちゃだめ。二階で、あなたの龍を作ってるの」

「いいえ、もう終わったわ」声がした。リズがドアにドンと体当たりして、お茶とビスケットをのせたお盆を持って入ってきた。ジーンズの上にスモックを着ている。あちこちに粘土がついていたけれど、特にスモックには絵の具がべったりついていた。あざやかな緑色の絵の具。

龍の色だった。

# 不思議なこと

「まさか、また邪魔していたんじゃないでしょうね」リズはそう言いながら、ひざまずいてお盆を床に置いた。

「ぼくのせいです」デービットは先に答えた。「ぼくが、コンカーが目に怪我をした理由を訊いたから」

リズは、どちらにしろ同じだというように、フンと鼻を鳴らした。そして、ルーシーにミルクの入ったコップを渡した。

デービットは、すばやく話題をリスから切り替えた。「ぼくに龍を作ってくださってるんですか?」

「ちょっとした引っ越し祝いよ」リズは言った。

「特別な龍よ」ルーシーが口をはさんだ。「わたしは二匹持ってるの。ガウェインとガウエンドレンよ」(ルーシーはグウェンドレンをガウェンドレンと発音した。)

いつも話が龍のことになると、なにかもやもやした不思議な気持ちになる。デービットは山盛り一杯のお砂糖を紅茶に入れると、言った。「特別ってどういうこと？」

ルーシーは顔を上げた。「龍たちはね——」

「持ち主にちょっと似ているのよ」と、リズが言った。「どうぞ、ビスケットをとって」リズは手でとらなくても食べられそうなほど、顔の近くにお皿を差し出した。デービットはいちおうにっこりして、全粒粉のビスケットを一枚とった。ルーシーはむすっとしてうしろに寄りかかると、カスタードクリームのビスケットをひとつとって、むしゃむしゃと食べた。

「誰かに特別な龍を作るときは、なにか……そうね、そのひとの特徴とか興味を持っているものを、表すようにするの。たとえば、もしクリケットが好きなら、龍にクリケットのバットを持たせるとかね」リズは言った。

「デービットは本好きだったわよね」ルーシーはそう言って、大きならせん綴じの本を拾い上げた。表紙は、灰色の荒涼とした山脈の絵だった。ルーシーは何ページかめくって、つまらなそうに下に置いた。

「それは教科書だよ、大学の」デービットは言った。「もっと別のものも読むよ、物語とか」

ルーシーはいきなりしゃんと体を起こした。「わたしにも読んでくれる？」

「ルーシー！」母親がぴしゃりと言った。「ずうずうしいわ」

「毎晩お話をしてもらってるの」ルーシーはおかまいなしに続けた。「ママが龍の話をしてくれるのよ」

デービットは、まるでアトリエに続く窓でもあるかのように、天井を見上げた。「すごいな。物語の語り手であり、陶芸家なんだ」

「ベストセラーからはほど遠いけどね」リズはひかえめに言うと、ルーシーがなにか言う前に手を上げて制した。「二階に行きなさい。その服を着がえて。ついでに、デービットの龍の様子も見てきてちょうだい」

ルーシーはため息をついて、のろのろとベッドから下りた。その足が床につくかつかないかのうちに、庭のほうからものすごい音が聞こえた。みんながぱっと窓のほうを振り返ると、まさにボニントンがよじ登ってくるところだった。大きなぶちネコは耳をぴたっと寝かせて、毛を木の枝のように逆立てている。床にドタッと落ちると、這いつくばって、ベッドの下に慌てて潜りこんでしまった。

「いったいどうしちゃったの？」リズが言った。

デービットは窓のほうに行って、大きく開け放した。小鳥たちのさえずる声が部屋を満たした。

「見てきて！」ルーシーは鋭く囁くと、デービットのシャツの袖を引っぱった。「コンカーが危ない目にあっているかもしれない！」

デービットは片方の眉を上げて、見に行った。

庭は、まったく平和に見えた。デービットは細長い芝地の片側を、ところどころ立ちどまって大きな草の葉をめくって見ながら、歩いていった。けれども、壊れた植木鉢以外、なにも見つからなかった。生い茂った芝生の中を探し回っていて、ピチャピチャという音がしたときは、心臓がどきっとしたけれど、見ると、ただの濡れた古いスポンジだった。ロックガーデンや、物置、ごみ置き場にあった藻だらけの古い窓ガラスも調べたし、板塀によじ登って、ベーコンさんの庭をさっと覗くことすらした。けれども、リスのいる様子はなかったし、なにか危険を感じさせるようなものも見あたらなかった。

しかし、家に戻る途中で、デービットは二つ重要な発見をした。まずテラスに上がる階段の近くで、デービットはしゃがんで青黒い羽根を拾った。長く、つやがあって、ひんやりと冷たい。カササギの羽根――もしくはカラスかもしれない。ボニントンのケンカの相手が鳥ということもあるだろうか？　秋の空に浮き上がる建物の輪郭を目で追っていくと、右手の、ペニーケトル家とベーコンさんの家のあいだで枝を伸ばしているシカモアの木が目にとまった。羽の黒い鳥の姿は見えない。けれども、また家のほうへ視線を戻して、デービットはぎくりとした。《龍のほら穴》の中で光がちらちらと瞬いたのだ。数秒後にまた光って、窓全体が薄いオレンジ色に輝いた。デービットは手を目の上にかざした。太陽の光が反射しているにしては規則的すぎるし、ろうそくの炎にしては不規則すぎる。それに電球にしては色がおかしいぞ、とデービットは考えた。残された原因はひとつしかない。

「火だ……」デービットは息を飲んで、羽根を持っていた手を放した。

その羽根が地面につくよりも前に、デービットは息を切らせて自分の部屋に飛びこんだ。

# とびきり特別な龍

「どうしたの？」ドアがばたんと開くと、リズが言った。そして、紅茶のポットを手で押さえた。

「火事だ！」デービットは叫んだ。「二階だ！　早く！　999番【消防署や警察を呼び出す緊急電話番号】！　ぼくは風呂場から水を持ってくる！」

「火事？」ルーシーはいぶかしげに母親の顔を見た。

「庭から見えたんだ！　リズ、早く！　急いで！」

「デービット、待って」リズは叫んで、デービットの腕をつかんだ。「落ち着いて。間違いよ」

ルーシーはもうドアまで行っていた。「わたしが行って見てくる」

「なんだって!?」デービットは金切り声で叫んだ。「行っちゃだめだ！」

しかし、ルーシーはすでに階段を上っていた。

「デービット、落ち着いて」リズは言って、デービットをとめた。「あそこはわたしのアトリエよ。危ないものなんてなにもないわ」

しばらくすると、踊り場からルーシーが呼んだ。「大丈夫よ、ママ。ただの……ほら、ね」

「なんだって？」デービットは困惑した顔で言った。「炎が吹き出すのを見たんだ。間違いない」

リズは、自分がつけたデービットのトレーナーのしわを伸ばした。「龍がくしゃみでもしたのよ。さあ、あなたの龍の出来上がりを見に行きましょ」

驚いたことに、本当にアトリエには火の出た気配などなかった。

「きっとこれだわ」リズが言った。リズが指さしたのは、窓にヒモでぶら下がっている、ステンドグラスの丸い飾りだった。リズはその飾りを傾けて、午後の陽の光をとらえた。宝石のような光が反射して、部屋中跳ね回った。「光のいたずらね」

突然、うしろでルーシーが声を張り上げた。「ママ、グラッフェンが違う場所にいるわ——またよ」

デービットは振り向いた。ルーシーは、非難がましい表情を浮かべて、龍がずらりと並んだ棚を見つめていた。「グラッフェンって誰？」デービットは尋ねた。

リズはデービットの腕を取って、回れ右させた。「新しい龍よ。ドアのところに座っているの、いつもはね。ここに住んでいる龍、つまり売り物じゃない龍は、みんな自分の場所を持っているの。新しく窯が焼き上がると、移動することもあるけれどね。グラッフェンはしょっちゅう飛び回ってるのよ。放っておいていいわ、ルーシー。こっちへ来てちょうだい」

ルーシーはゆっくりとこちらへ来ると、訊いた。「気に入った？」

デービットはすっかり心を奪われて、こんなのは見たことがないと白状した。

アトリエの壁は上から下まで木の棚になっていて、その上に何十匹という龍の作品が並べられていた。大きな龍、小さな龍、気持ちよさそうに丸くなってまどろむ龍、卵から出てこようとしている赤ん坊の龍、メガネを掛けた龍、パジャマの龍、バレエを踊っている龍。いたるところに龍がいた。窓のある壁だけは棚がなく、かわりに大きな古いベンチがあって、ベンチを照らすように電気スタンドが置いてあった。上には、陶芸の筆と道具とジャムのビンがすぐ使えるように置いてあって、ろくろの横に粘土のかたまりがあった。絵の具の甘い香りと変性アルコールのにおいが、ポプリの香りのようにただよっている。そういえば、はじめてこの家に入ったときからいつも嗅いでいた香りはこれだったんだ、とデービットは思いあたった。

「すごい」デービットは言って、滑るようにベンチのところへ行った。「これなんてすばらしいよ。この龍」デービットは、ろくろのすぐうしろの台に置いてある、謎めいた気品のある龍を指さした。尾を体に巻きつけ、ネコのような耳をしている。見事な美しい大きな翼が、まるで船の帆のように背中から伸びていた。なにかを企んでいるように楕円形の目を閉じ、がんじょうな前足をしっかりと合わせている。

「あれはグウィネヴィアよ」ルーシーはうやうやしく囁いた。「女王のような存在なの。ママの特別な龍よ」

「寝ているの？」

ルーシーは首を横に振った。

「祈っている？」

「そうじゃないわ」

「じゃあ、なにしてるんだい？」

部屋の向こうでリズが咳をした。「ルーシー、デービットに彼の龍を見せてあげたら？」

ルーシーはろくろの上を指さした。

デービットはその龍を手にとった。龍――デービットの龍なのだ――には、ペニーケトルの作品の特徴がすべて備わっていた。とんがった翼、大きくて平らな足、青みがかった緑色のうろこ。特徴的な楕円の目には、穏やかで、陽気で、有能そうな表情が浮かんでいた。それと同時に、豊かな感受性を宿し、彼はうろこがひとつ落ちただけでも涙を流すだろうと思われた。デービットは龍を手のひらの上に置いてみた。龍はくるりと巻いた太い尾の上にピンと背を伸ばして座っていた。グウィネヴィアとちがって、この龍は、祈ったり眠ったり、なんであれ女王の龍がしていることは、していない。かわりに、かぎ爪でつかんだ鉛筆の端をかじりながら、物思いにふけっていた。

「気に入ってくれるといいんだけど」リズが言った。「彼は……作っていて楽しかったわ」

「すてきです」デービットは言った。「どうして鉛筆を持っているんだろう？」

「ノートもよ」ルーシーは、龍がもう片方の前足で持っているノートを指さして言った。

「彼が欲しがったのよ」リズは、二人のところへ来た。「はじめ本にしようかと思ったんだけど、持とうとしなかったの。どうしても鉛筆をかじりたがったのよ」

「絵を描く龍なのかも」ルーシーが言った。「絵を描くのは好き？」

デービットは首を振った。「絵はからきしだめなんだ。彼が欲しがったってどういうことですか？」

リズは片方の肩を上げた。「特別な龍は、物語の登場人物のようなものなの。わたしは、彼らが行きたがる場所に、行くだけ。いつもそう言っている作家の友だちがいるわ」

ルーシーが息をはずませて言った。「じゃあ、物語を書く龍ってこと!?」

「ルーシー、やめなさい」リズは言った。「さあ、デービット、もしこの龍を受け取ってくれるのなら、いつまでも大切にすると約束してちょうだい」

「ぜったいに泣かせるようなことをしちゃだめよ」ルーシーが言った。

デービットは親指で龍の鼻づらを撫ぜた。「ああ。ばかなことを訊くみたいだけど、なにをしたら泣かせてしまうんだい?」

「愛さなくなったらよ」ルーシーは、わかりきったことだというように言った。

「彼の中に炎があると想像して」リズが言った。

「彼を愛していれば、その炎はいつまでも燃え続けるのよ」ルーシーは顔を輝かせた。

「炎を燃やすためには、名前をつけてやらないとならないの」リズが言った。

「なにか魔法を感じさせる名前よ」ルーシーが言った。「さあ、考えて!」

デービットは考えた。「そうだな……ガズークスは?」

ルーシーは、ぱっとうしろを振り向いた。「みんなも気に入ったわ!」そして、棚を見回した。

「本当に?」デービットは言って、片方の眉を上げた。見るかぎりでは、うしろ宙返りをしたり、喜んで翼をバタバタさせている龍などいなかった。

ルーシーは首がちぎれそうなほどすばやくうなずいた。「聞こえなかったの？　みんなが――」

「ガズークスはいい名前だわ」リズが言って、ルーシーの肩をこづいた。「彼にぴったりよ。さあ、見学は終わり。そろそろ下に行きましょう」

「そうですね」デービットは、おでこから滴る汗をぬぐいながら言った。「ぼくのせいかな？　それとも暑くなってきました？　オーブンはついてないですよね？」

「まだ、食事の時間じゃないわ」ルーシーが言った。

「台所のオーブンじゃないよ」デービットは笑った。「陶芸のオーブンのことさ。窯だ。粘土で成形したら、〝焼く〟ために窯に入れるんですよね？」

誰かが答える前に、電話が鳴った。リズはドアのほうへ歩いていった。「出なくちゃ」そしてちらっとルーシーを見やってから、部屋を出ていった。

母親の姿が見えなくなるやいなや、ルーシーはデービットのほうに向き直った。「わたしのために物語を作ってくれる？」

「無理だよ」デービットは、ガズークスについた傷をとろうとしながら言った。尾に、どう見ても焼け焦げのようにしか思えない跡がある。どちらにしろ、釉薬の下についていた。

「物語にかけては絶望的なんだ。なんの話をすればいいかってことすら、思いつかないんだよ」

「コンカーよ」ルーシーは、今にも床から飛び上がりそうな勢いで言った。「コンカーの物語を書いてよ。ガズークスが手伝ってくれるわ。特別な龍は、そのためにいるんだから」

デービットはシャツの襟を大きく開けた。アトリエの中はどんどん暑くなっていた。

「だめだよ。だけど、やろうと思っていることもある。今度の金曜日、町に出るんだけど、そのときに図書館に行って、なにかリスに関するいい本がないか探してみようと思っているんだ」

「物語の本？」

「いいや、事実に関する本さ。どうしてコンカーが目に怪我をしたのか、興味があるんだ。図鑑でリスの習性について調べれば、なにか手がかりが見つかるかもしれない」

「わかった。それでいろいろわかったら、きっと物語も書けるわ」

「ルーシー！」デービットが答える前に、リズの呼ぶ声がした。

「今行くわ！」ルーシーは叫び返して、さっと出ていった。でもその前に、ドアのところで一瞬、立ち止まると、下宿人のほうを振り向いた。「本当にみんながハアーって言ったのが聞こえなかったの？」

デービットは左右の龍たちを見渡した。何十もの楕円の目が見返した。

ルーシーは自分の胸を指さした。「ここで聞くのよ。こっちで聞く前に」そして、指を胸から耳へ動かした。それからにっと笑うと、スキップしながら出ていった。

「なるほどね」デービットは呟くと、ガズークスを顔の近くまで持ち上げた。「やあ、龍くん。表示灯《パイロットランプ》はついたかい？　よかった。じゃあ聞いてくれ。最初からきちんと取り決めをしよう。夜中のいびきは禁止。ぼくの本とコンピューターに火をつけない。テディベアを怖がらせない。いいかい？　ああ、あと泣くのもだめだ。なにか面倒が起こりそうになったら、すぐにもとの粘土のかたまりに戻しちゃうぞ。わかったかい？」

ガズークスは静かに鉛筆の端を噛んでいた。

デービットは、最後にもう一度部屋を見回した。「ハアー！」デービットは、棚の龍たちに向かって言った。

それから、ガズークスをしっかりとつかんで、自分の部屋へ向かった。

まだ窯のことを不思議に思いながら。

# 図書館へ行く

スクラブレイ図書館は町の真ん中の、ハイストリートから脇道に入った校区の端にひっそりと建っていた。ところが、正面のドアがすっと開くと、明るい現代風の建物が広がった。デービットにとっては、うれしい驚きだった。中はＣＤやコンピューター、ビデオで溢れ返っていたのだ。もちろん本もたくさんあったけれど。

デービットはまっすぐ受付に行った。大きなコンピューターの画面の陰に、頭の禿げかかった図書館員が座っていた。

デービットはイスに座って、ピーンとベルをはじいた。「すみません、本を探しているのですが。リ……」

驚いたことに、コンピューターから顔を上げたのはヘンリー・ベーコンだった。

「ああ、あんたか」ベーコンさんは鼻の穴をふくらませて言った。「『リ』と言ったのかい？　『リ』に関する本を探せと？　東洋の拳法かなにかかね？　カンフーとか太極拳のような？　聞いたことがないな。まあ、それでもなにかあるはずだ。７９６・８１５の棚だ。階段を上ってすぐ左。次の方！」

「待ってください。違います」デービットは言った。「ぼくが『リ』と言ったとき、まだ終わりまで言ってなかったんです」

ベーコンさんは顔をしかめて、イスの背に寄りかかった。「この図書館はとても忙しいんだ。わしの時間を無駄にしようとしているのではあるまいな？」

「あなたがここにいるので、ちょっと驚いただけです」

ベーコンさんは言った。「わしはここで働いてるんだ、ばか者め。さあ用件を言え。待っている人がいるんだ」

デービットはうしろを振り返った。小さい子どもを連れた若い女の人が立っていた。

「さっき『リ』と言ったとき、なにを言おうとしていたかというと、本を探して欲しかったんです。なんの本かというと……」

「リンゴの？」ベーコンさんは、ようやくわかりかけてきたというように言った。「リンゴに関する本が読みたいんだな？」

デービットは首を振った。

「リンドウ？」

「いいえ」

「リクガメ？」

「違います！」

「リボン？　リンパ腺？　リード線？　リクジョウ選手？　リリアン？　リノリウム？　リカオンとか？」

「リスです！」デービットは怒鳴った。

「しぃー！」近くの机に座っていた人が言った。

デービットはぴしゃりと顔を叩いた。

「リスだと？」ベーコンさんはしゃがれた声で、非難がましく囁いた。

「ハイイロリスに関するものをお願いします」デービットは強調するように言った。

ベーコンさんの薄い口ひげがひくひくした。

「つまり……ルーシーのためなんです。学校の宿題で」

ベーコンさんはシャツの袖口を伸ばし、コンピューターに『リス』という言葉を入力した。検索が終わるのを待っているあいだ、ベーコンさんは横向きのまま体を寄せて、囁いた。「あれからあのネズミを見たかね？」

「あのネズミ？」最初なんのことだかわからずに、デービットは訊き返した。

「うちの庭で見たネズミだよ、がり勉くん」

デービットの口がかすかに開いた。「ああ、あのネズミですか」そして、害虫駆除のバンのところで、ちょっとした嘘をついたことを思い出した。「いいえ」

ベーコンさんは唇をすぼめた。「まあいい。どちらにしろ、捜査中だからな。ペニーケトル夫人には心配することはないと言っといてくれ」コンピューターがピーと鳴り、ベーコンさんはそちらを見た。「うちにあるのは、『リスの世界』、作者はA・N・アッター――」

「ありがとう」デービットは言った。「あの、『捜査中』っていうのはどういうことですか？」

「――だが、貸し出し中だ」ベーコンさんは言った。「『リスとその生態』というのもある。作者はG・S・フォーレージ――」

「なるほど。それでいいです。なにを捜査してるんです？」

「――だがこれも貸し出し中だ。ああ、これは二冊ある。『イギリスのリス』。作者はN・K・グレイテイル――」

「棚の場所を教えてください」デービットはうんざりして言った。

「――残念だな」ベーコンさんはため息をついた。「二冊とも、ウィグレイの分館にある」

デービットはうめいて、机に頭を打ちつけた。

ベーコンさんは顔をしかめた。そして上着のポケットからハンカチをとりだすと、表面にかぶせてあるプラスティックの薄い板をさっと拭いた。

ちょうどそのとき、小さな子どもを連れた女の人がデービットの肩を叩いた。「ひとつ提案させていただいてもいいかしら？ リスについて知りたいなら、外をごらんになったらいかが？」

デービットは窓ガラスの外の、車の行き来するスクラブブレイ・ハイストリートを眺めた。

「反対側だ」ベーコンさんが舌打ちした。

デービットは反対側を見た。図書館の奥の窓から、木の枝が激しい風に吹かれて揺れているのが見えた。

女の人が言った。「図書館の公園に行ったことはないの？ 驚きね。そんな人がこのスクラブレイにいるとは。校区の奥の門から入るの。お望みのリスたちがたくさんいるわ」

「ありがとうございます。見に行ってみます」デービットは立ち上がった。女の人はその席に座った。「ベーコンさん」デービットは振り返って言った。「『ペニーケトル夫人には心配することはないと言ってくれ』ってどういうことです？」

しかし、ベーコンさんはまたコンピューターに没頭していた。

デービットはコツコツと机を叩いてから、うしろを向いた。ベーコンさんは、なにか企んでいる。なにを企んでいるかまではわからないけれど、図書館を出ながら、体の内側がひんやりとしたことだけはたしかだった。奇妙なことに、そのとき自分の龍の姿が浮かんできた。ガズークスは、家の窓台の上に座っていた。雨粒が打ちつける窓ガラスに、とんがった影が映っている。すると、次の瞬間、ひどく不思議なことが起こった。ガズークスが口から鉛筆をはなして、ノートになにか書こうとしたのだ。風がヒューッと吹いてきて、デービットの髪を引っぱった。目の前で、木の枝がざわざわと揺れて、ため息をついた。デービットは頭を振った。するとガズークスは消えた。デービットは、高い鉄の門をガチャッと開けて、はじめて公園に入った。けれど、どうしても、龍がなにかを伝えようとしたのではないかという、とっぴな考えを振りはらうことはできなかった。

## 緑の指のジョージ

公園に続く、枯れ葉の舞う小道を少し進んだところで、デービットは足をとめた。立て札があった。

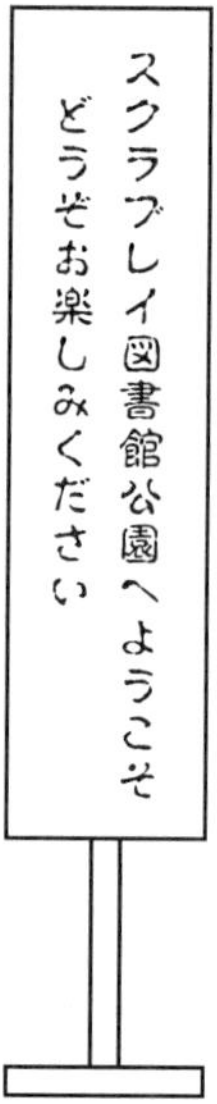
スクラブレイ図書館公園へようこそ
どうぞお楽しみください

「それはどうもありがとう」デービットは呟いた。

「なんだって?」しゃがれた声が答えた。

月桂樹の茂みから、妙な小男が出てきた。

「ああ、すみません」デービットは言って、赤くなった。「人がいると思わなかったもので」

小さな男はジャケットの袖で鼻を拭いた。木の陰に半分隠れているので、庭の小人の置物とたいして変わらない大きさに見える。ぼろぼろの黒い厚地のジャケットをきて、灰色のキャンバス帽のつばが、ほつれたランプの傘のようにたれている。泥で汚れたズボンから、片方の膝が覗いていた。底に鋲《びょう》を打った長靴をはいていたけれど、中でゾウが水浴びできそうなほど大きかった。

デービットはきちんとした会話を試みた。「ひょっとしてこの公園の庭師さんでいらっしゃいますか？」

「だとしたら？」

「助けていただけませんか。その、一種の自然研究をしているんです」

小さな男は鼻を鳴らして、足をひきずりながら歩いていって茂みの中に戻り、すぐにまた、手押し車を押して現れた。そしてアスファルトの道に車をがつんと乗り上げた。「おれは『緑の指のジョージ』【草木を育てる才能のある者のことを、緑の指を持っているという】って呼ばれてんだ――」

「はじめまして」デービットは言って、手を差し出した。

「だが、あんたにはディグウェルさんと呼んでもらおうか」ジョージは差し出された手を無視して、かわりにズボンの穴から指を入れてお尻を掻いた。「それで？　用事はなんだね？」

デービットが口を開こうとしたとき、図書館の塔の時計が三回打った。デービットは眉をひそめて、腕時計を見た。ぴったり十一時だった。「時計が間違っている」デービットは呟いた。

「いいや、違うね」ジョージは言った。「スクラブレイに住んでるやつなら誰でも、図書館の時計が三回打ったら何時かってことくらい、知ってる。十一時さ。おれの昼飯までと一時間ってことだ。それまでに植えこみの木を六本植えなきゃならねえ。だから用があるなら早くしてくんな」

「リスなんです」デービットは言った。「どこで見られますか?」

「リスだと!?」ジョージはあたりに響き渡るような声で言った。「リスなんかになんの用事があるっていうんだ? あの厄介な害獣に? やつらは宿敵だ。おれの苗木の芽をかじり、おれの球根を掘り出し、おれの芝生にいまいましい木の実を植えやがる。あの向こうにも一匹いる」ジョージは言って、デービットに手招きした。「裏の噴水のそばに生えてるブナの木に住んでるんだ」そして、漠然と遠くのほうを指さした。「まさに悪党だよ、あいつは。おれさまをからかってやがるんだ、間違いねえ。見りゃあすぐわかる。顔を見りゃな」

「顔?」デービットは聞き返した。

「にんまり笑ってやがるんだ」

デービットは、疑わしげに噴水のほうをちらりと見た。

「ああ、そうさ」ジョージは言って、指についた泥をこすり落とした。「あのチビやろうは、先週苗を置いてる納屋に入りこんで、おれさまのベーコン・サンドイッチをかっさらいやがった」

デービットはできるだけ同情しているような顔をしようとした。「それで、どこでリスを……リスたちを見つけたとおっしゃいましたっけ？」

「土手を下りてみな」ディグウェルさんは言って、雑木林の中を気まぐれにくねくねと下っていく狭い小道のほうを指さした。「下の柵のところまで下りるんだ。そしたら左へ曲がって、野外音楽堂の前をぐるりと回って、アヒル池の橋を渡れ。でっかいオークの木の立ってる空き地を抜けて、まっすぐ上がったところにブナ林がある」

デービットはていねいに会釈すると、ざくざくと小道を歩きはじめた。が、五歩も歩かないうちに、また振り向いて言った。「ディグウェルさん、もうひとついいですか？」

庭師はため息をついて、熊手に寄りかかった。

「リスが片目を失くすとしたら、どんな理由がありますか？」

ジョージは、こちらには聞こえないような声でぶつぶつと呟いた。それから熊手を持ち上げると、ザクッと地面に突き刺した。「理由なんていくらでもあるな。事故。病気。まあいちばんありそうなのは、何者かに襲われたってとこだろうな」

「ネコとか？」

「ああ、そうだな。だが、あいつらだったら、たぶんいっぺんで殺しちまうな。ただ捕まえるだけってことはねえ、ネコどもはな」

デービットはうなずいた。おそらくボニントンは、見かけほど情けなくはないだろう。

「ほかのリスってことは？」

ジョージは胸を叩いて、落ち葉のつまった下水溝に痰を吐き出した。「いいや。リスどもは、つまんねえケンカやこぜりあいはしょっちゅうだ。毛を引っこ抜いたり、足を嚙んだりな。だが目だ？　違うな。もっとでけえもんだ。キツネ、犬、人間ってこともある」

デービットは、庭師をまじまじと見つめた。

ジョージは手押し車の底に熊手を放りこんだ。「木登りネズミどもは、保護動物じゃねえ。もしやつらが厄介なら、片づける人間もいる」ジョージはすっと首を切るまねをした。

「どんな人間が？」

「害獣どもが嫌いな人間さ」ジョージは言った。「さあ、もうこれ以上質問がねえなら、植えこみをはじめたいんだがね」そして、手押し車を押しながらくねくね曲がる小道を大またで歩いていった。やがてその姿は小さくなり、秋の空に舞う枯れ葉の中にまじりあった。

# 願いの噴水

庭師の姿が見えなくなると、デービットはブナ林を探しに歩きはじめた。ジョージが言ったように、カーブした小道をくだって土手のふもとの地面が平らになるところまで下りると、小道は二つに分かれた。左を見ると、柳の木の陰から野外音楽堂が半分ほど見えている。右にはまた木の生えた大きな土手があった。やがて目の前に、日の光を反射してきらきら光っている池が広がった。マガモやオオバンの雌が浅瀬に浮かび、足こぎボートが何艘か、間に合わせの船着場に繋がれている。デービットは狭い太鼓橋をカタカタと音をたてながら渡り、空き地をのんびりとオークの大木のほうへ歩いていった。このあたりの地面にはドングリが散らばっていて、ぎざぎざの灰色の帽子をかぶったままのものもたくさんあった。デービットはしゃがんで、ひとつ拾ってみた。緑がかった茶色で、そんなにかたくない。たぶん、朝露《つゆ》でやわらかくなったのだろう。デービットはドングリを手のひらに包んで、小さく揺すった。そうしているうちに、ウェイワード・クレッセントに昔生えていたというオークのことが頭に浮かんできた。ドングリがないなら、コンカーはなにを食べているんだろう？　小鳥の餌台のピーナッツ？　ベーコンの皮？　隠しておいた木の実があった？　目にひどい怪我を負ったのも、食べ物をめぐってケンカしたからだろうか？　デービットはため息をついて、ドングリをワラビの茂みの中に落とした。理由なんてわかるわけないじゃないか。

そんなことを考えながら十分ほど歩くと、コブナット・ヒル【ヘーゼルナッツの丘という意味】を半分ほど上がったところで、小さな石の噴水に行きあたった。デービットは、きらきらときらめく落ち葉の浮いた水を覗きこんだ。大きさも値段もまちまちのコインが、青いタイルの底に沈んでいる。デービットは自分もペニー銅貨を見つけると、ポーンと空に向かってはじき飛ばした。くるくると回るコインを見ながら、いつの間にか、どうやったらコンカーを助けることができるか教えてくださいと願っていた。ポチャンと音がして、コインは水に落ちると、ゆっくりと左右に滑るように動きながら沈んでいった。コインが底についたとき、かすかな音がした。噴水の反対側に目をやると、縁の上に抜け目ない顔つきのリスが座っていた。

ためらう様子もなく、リスは石の縁の周りをピョンピョンと跳んできて、デービットの手から一メートルも離れていないところでとまった。

「やあ」デービットは言った。

リスは先の白い尾をピンと立てた。片方の足を持ち上げると、鼻をヒクヒクさせて、「餌をくれ」というようにデービットを見た。デービットは厚地のコートのポケットに手を突っこむと、唯一持っていた食べ物を取り出した。小さな赤いリンゴだった。

リスは大きなうしろ足で耳をかいた。

それからお座りをして——笑った！

デービットはびっくりして、あやうく噴水に落ちかけた。たぶん口の形が作り笑いをしているように見えるのだろうけど、まるで本当に笑ったみたいだった。

「きみだな、サンドイッチどろぼうは。きみには気をつけるように言われたよ」

そんな悪評を気にする様子もなく、リスはひげをピンと立ててまた少し近寄った。そしてリンゴをじっと見つめると、また鼻をヒクヒクさせて、長い爪のついた足をデービットのももにのせた。

デービットはそっと果物を噛んで、ひとかけらとると、噴水の縁の上に落とした。

リスは屈んで、リンゴのかけらをとった。が、すぐに、噴水の中に吐きだした。

デービットは、がっかりした親のように眉をひそめた。「まさか青リンゴのほうが好きだなんて言わないでくれよ」

でも今度は、リスは笑わなかった。落ち着かない様子で右や左にぴょんぴょん跳ね回っていたが、はっとしたように背を伸ばして、くんくんとにおいを嗅いだ。

そしていきなり警戒の声を発して、リスは消えた。

「おい、どうしたんだ？」デービットは呼んだ。

その理由はすぐにわかった。

噴水の縁の上にもう一匹リスがいた。まるで足のついたクリスマス・プディングみたいに大きくて、しっぽだけでも、小さな羽毛の襟巻くらいある。ふっとよそ者の人間をせせら笑うような表情を浮かべると、ちょろちょろと噴水の縁から下りて、最初のリスを追いかけて小道の向こうへ走っていった。

「おい！　やめろよ」デービットは叫んだ。

けれども、笑い顔のリスに助けは必要なかった。あっというまに木に駆け登り、デービットが息をつくひまもなく姿を消してしまった。デービットは肩をすくめて、放っておくことにした。きっと、こんな諍いは、リスたちにとって日常茶飯事なのだろう。

ポチャン。噴水に落ちたペニー銅貨のように、デービットの頭にふっとある重要なことが浮かんできた。今見たものは、まさにリスの基本的な習性なのではないだろうか。危険に遭遇したら、しっぽをひるがえしてすばやく逃げる。笑い顔のリスの逃げ足の速さ、特に木に登るスピードは、すぐれた機敏性のたまもので、視界が四方に開けていなければ無理な話だ。片目が閉じていたら、どうやってできるというのだろう。あんなに速く登れるとは思えない。そもそも木に登ることができるだろうか？　つまりコンカーは、暴れん坊のリスやネコに襲われたり、まだデービットのあずかり知らぬような危険が訪れたとき、どうするのだろうか？

どこか遠くで、マガモがクワックワッと鳴いた。

その鳴き声と同じように、答えは明らかだった。

コンカーにはどうすることもできない。危険から逃げることはできないのだ。

コンカーはまさに卵を抱いているカモ――かっこうの標的だった。

# インスピレーション

デービットがウェイワード・クレッセントに戻ったのは、夕方だった。街灯がちかちかと瞬いてぱっとつき、舗道を枯れ葉が滑るように舞っていた。デービットは小さく口笛を吹きながら、リズの家へ入る門を開けた。ところが、門がいつものキィーという音ではなく、耳をつんざくようなかん高い音をたてたので、驚いてもう少しで生垣に突っこみそうになった。デービットは、疑わしげに門を見つめた。すぐさま蝶番《ちょうつがい》に油をさすか、それとも……。

ウィーン、ウィンウィンウィン！

同じかん高い音が、あたりの空気をつんざくように鳴り響いた。どこかの誰かがハイパワー電動ノコギリで木を伐っているのだ。おそらく、ベーコン家のヘンリーのような人間が……。

隣の車庫に電気がついていた。好奇心をかきたてられ（というより、むくむくと疑いの念が湧き上がり）、デービットは低く屈んで、車庫の扉に忍び寄った。そしてそろそろと煤《すす》けた窓ガラスに顔を近づけた。カンカンとトンカチを打つ音でガラスが揺れている。なにかが床に落ちて、ガシャンと音を立てた。バキッと音がして、ベーコンさんが悪態をついた。そして、作業台にトンカチを投げ出した。すると釘の箱にあたって、中身がぶちまかれた。

デービットは眉間にしわを寄せて、頭を下げた。ベーコンさんがなにかを作っていることは、間違いない。でも、それがなにかは、わかりようもない。デービットは頭を振って、忘れようとした。人が自分の家の車庫で大工仕事をするのを禁じる法律はない。たとえその〝人〟というのが、ベーコンさんのような変人だとしても。

デービットは肩をすくめて、リズの家のほうに戻ると、四十二番地の家に入った。靴についた泥を落としていると、ルーシーが全速力で走ってきて玄関のドアを開けた。

「どこに行ってたの？　学校はとっくに終わってるでしょ」

「女王さまとお茶を飲んで、陛下のコーギー犬を連れて宮殿の周りを散歩してきたんだ」

「嘘つき」ルーシーは言った。「本は借りられた？」

本。すっかり忘れていた。

ルーシーは、そのしまったという表情を見逃さなかった。「図書館へは行ったんでしょ？」

「ああ。あそこでベーコンさんが働いていることを教えておいてくれて、ありがとう」デービットはルーシーの頭にコートをかぶせると、台所へ入っていった。「んー、いいにおいだ」

　玄関からルーシーが怒鳴った。「このコート、くさいわ！」

「ベークドポテトにソーセージに豆よ」リズが、木のスプーンを魔法の杖のようにこちらへ向けた。「簡単だけど、お腹にたまるわ。今日はどうだった？」

「まあまあです。ほとんど図書館の公園に……痛い！」

　デービットは、ルーシーにキャンディの棒でももをつつかれて、飛び上がった。

「こら、やめなさい」リズが叱った。

「デービットが悪いのよ」ルーシーは文句を言った。「わたしがベーコンさんのことを言わなかったって責めるの」

「まあ、じゃあ、ベーコンさんに会ったの？」

「見逃すはずないですよ」デービットはぶつぶつ言って、ルーシーを睨んだ。「ぼくが特別に、ある人のためにリスの本を借りようと受付に行ったら、座ってたんです」

「本はどこ？」ルーシーはしつこく訊いた。

「なかったんだ」デービットはルーシーに向かってパンくずを弾きとばした。

ルーシーはむすっとして、台所のイスに座りこんだ。テーブルの上には、作りかけの龍と、水の入ったジャムのビンと、棒が何本か置いてあった。ルーシーは先の鋭く尖った棒を手にとると、平らな粘土のかたまりを根気よく削りはじめた。デービットはそれが三本指の足になっていくさまに、すっかり見とれた。

「それで、公園はどうだった？」リズが訊いた。

「よかったです」デービットはそっとあくびをしながら言った。「公園の庭師に会いましたよ」

「ああ、ジョージね。あの人は、あそこがオープンしたときからいるの。きっと種から生えてきたに違いないわ。あの人の奥さんは、前に龍をひとつ買ってくれたのよ。変わり者でしょ？　ちょっと気難しいかもしれないけど、根は親切よ」

「時間の計り方については、親切とは言えませんけどね」デービットは呟いた。「おかしなことを言ってましたよ。スクラブレイの人たちはみんな、図書館の時計が三回打てば、十一時だってことくらい知ってるとか」

「ほんとよ」ルーシーがぶつぶつ言った。「鐘の鳴る回数はひとつもあってないの。学校で暗記させられるのよ。九回打つことはないって覚えておかなきゃいけないの」

「縁起が悪いからね」リズが説明した。

「誰も直そうとしなかったんですか？」

「しょっちゅう直そうとしてるわ」リズはフォークでソーセージをひっくり返した。「だけど、いつも嘆願書はあちこち回されたあげく、そのままになるの。まあ、観光客寄せにもなっているしね。夏時間で、時計を進めるときはわかりにくいけど」

「つまり四回分増えるわけ」ルーシーは言って、また粘土のかたまりにとりかかった。

デービットが、脇の窓台に完成した龍が二匹置いてあるのに気づいたのは、そのときだった。片方は、堂々とした様子の龍で、不思議なほどルーシーに似ていた。デービットは違う角度からもう一度見てみた。龍はいつもどおりあちこちとんがっていて、うろこもあったけれど、それにもかかわらず、じっと見ていると、はっきりとルーシーが見えるのだ。まるでルーシー自身が溶けて中に入りこんでいるようですらあった。

それと比べて、二匹目の龍は、まさに伝説の怪物だった。翼を高く掲げ、口をかっと開いて、いつでも戦えるようにかぎ爪を大きく開いている。デービットは、龍の濃い緑色の目を覗きこんだ。そこには、どぎまぎさせるような不思議な深さがあった。どこへでもついて回る、そんな目だ。ガズークスが同じような目の持ち主でなくてよかった、とデービットは思った。

「あそこにいるのは誰？」デービットは訊いた。

「ガウェインとグウェンドレンよ」ルーシーが呟くように答えた。

「どう思う?」リズが尋ねた。リズはうしろのカウンターに寄りかかって、お鍋を拭いていた。

デービットは恐ろしげなほうを指さした。「真っ暗な長い路地で出くわしたくないな」

「そっちがガウェイン」ルーシーが言った。「獰猛で、冗談が嫌いなの」

「いいかげんにしなさい」リズが言った。「もう一匹のほうはどう、デービット?」

下宿人はいつもの場所に腰かけて、グウェンドレンを自分のほうに向けた。「黒焦げにされるのを覚悟で言えば、こっちのはルーシーにそっくり」

ルーシーが製作用の棒を落とした。

「——もちろん、おかしな緑のうろこ程度の違いはあるけどね」

一瞬、しんとなった。デービットはあたりさわりのない笑みを浮かべた。言ってはいけないことを言ったのだろうか。この家では、なにがどう転ぶかわからない。龍はいつでも、ひどく神経を使う話題だった。デービットはルーシーを見た。ルーシーはあんぐりと口を開けて母親を見ていた。

リズは、ふきんでゆっくりと輪を描きながらお皿を拭いていた。「観察力が鋭いわ」リズは言った。「似ていることに気づく人は、そういないのよ」

「まぐれです」デービットは落ち着かない気持ちで肩をすくめた。どうして、いきなり底知れぬ秘密の蓋を開けてしまったような気持ちがしたのだろう？　ちらりとガウェインを見て、デービットは思わず尋ねた。「じゃあ、グウェンドレンがルーシーなら、ガウェインは誰に……？」

ルーシーの目が皿のようになった。「ガウェイン――」

「――を二階へ持っていって」リズが言い、ちょうど電子レンジがチーンと鳴った。

「でも――？」

「でも、はなし。食事の時間よ。テーブルを片づけて」

ルーシーの肩ががっくりと下がった。そして作りかけの龍を見やると、投げキッスをして、情けようしゃなく、ぐしゃっと器に突っこんだ。

リズは鍋つかみを手にはめると、電子レンジからジャガイモを三つ取り出した。そして焼き皿にのせると、カリッとさせるためにオーブンに突っこんだ。「五分よ」そしてゴミ袋を持って、さっと外へ出ていった。

ドアがゆっくりと閉まると、デービットはルーシーの腕をそっと叩いた。「それで、誰なんだい？」デービットは囁いて、ガウェインのほうに顎をしゃくった。

ルーシーは唇を嚙んで、チラッと外を見た。「世界最後の龍よ」ルーシーは鋭く囁いた。

「違う。誰がモデルかってこと」

ルーシーは、なんてまぬけなの、という目つきでデービットを見た。「世界最後の本物の龍なの」ルーシーはくり返した。

デービットはわからないままに、話題を変えた。「ふうん。あと、コンカーのことなんだけど、ひとつ大切なことを訊きたい。コンカーが高いところに登ったところを見た？　目を怪我したあとに」

ルーシーはよくわからないといった顔をした。

「木は？　塀は？　なんでもいい。よく考えて」

ルーシーは一瞬、考えてから、首を横に振った。「どうしてそんなこと知りたいの？」

「なにを知りたいのかしら？」リズが戻ってきた。リズは《トラフグッド》印のネコ用ビスケットの箱をひっつかむと、カラカラとボニントンのお皿にあけた。すぐに宇宙から降ってきたかのように、ボニントンがどこからともなく台所に現れた。

「コンカーのことを訊いてるんです」デービットは言った。

「それはびっくりだわ」リズは言って、ルーシーに向かって顔をしかめた。

デービットはテーブルを叩いて、ルーシーを自分のほうに向かせた。「図書館でリスを二匹見たんだ」

ルーシーの目が輝いた。

「ルーシー、まだ片づいていないようだけど」母親が言った。

ルーシーは急いでジャムのビンと棒を流しに持っていった。「どんなリスだった？」ルーシーは尋ねた。

「灰色でリスみたいだった」デービットは役に立たない説明をした。「一匹は大きくて太ってたよ」

ジャムのビンが流しにぶつかってガラガラと音を立てた。「バーチウッド!?」

「バーチウッド？」デービットははじけるように笑った。「まさか。彼がスクラブレイ行きのバスに乗ったとでもいうなら別だけど。図書館の公園まではかなりあるよ」

「畑の中を通っていけばそうでもないわ」ルーシーは水切り板にバンと両手をついた。

「リスたちの行き先はそこよ、ママ。図書館の公園だったんだわ！」

「よかった、よかった」リズは言った。「じゃあ、粘土を片づけなさい」

ルーシーは粘土をカウンターの隅に移した。「もう一匹のリスはどんなだった？」

デービットは口の両端を指でキュッと上げて、笑みを作ってみせた。「ふぁらってたよ。ふぉんなふうに」

ルーシーは驚いてぽかんと口を開けた。「なんて名前？」

「リスに名前を尋ねようなんて思いつかなかったでしょうね」リズが言った。「ナイフとフォークを出してちょうだい」

「スマイル！」ルーシーはひきだしを開けながら叫んだ。「きっとスマイルって名前よ！」

ルーシーは勝ち誇ったようにぽんとフォークを置いた。

「ちょっと違うな」デービットが言った。

「今のはガウェインの意見」ルーシーはわくわくしながら言った。「ビッグビーム？　爆笑って意味よ」

「だめよ」リズが不満げに言った。「爆笑なんて名前をつけられたらどう思う？」

「そうか。今のは……グウェンドレンの番だったの！」

リズはルーシーをじっと見た。「つまり、ガウェインもグウェンドレンも間違えたってことね」

ルーシーはひるむ様子もなく、最後の選択をした。「ガズークスもやってみる？」

「え？」デービットが言った。

「ガズークスに訊いてみて」ルーシーが言った。

「どうやって？」下宿人はあきれて言った。

ルーシーは足をバタバタさせた。「思い描くの」ルーシーは囁いた。

「なんだって？」デービットは訊き返した。

「ママ、デービットにやらせて」

「ルーシー、わたしはソーセージを焼いているの」

「ねえ、ママ。お願い」

「なにを？」デービットは言った。

ルーシーはデービットの横にぱっと座った。「ママが物語を話すときの特別なやり方よ。一緒にやって、なにが見えるか言うの。そうすると、物語が動き出す。いろいろなことが起こるの。思いもしないようなことが。ああ、ママ、デービットにやらせて！」

リズはとうとう折れて、ため息をついた。「デービット、目を閉じて、ガズークスの姿を思い浮かべて」

デービットは疑わしげにリズを見た。「本気じゃないですよね？」

「三十秒以内に、食事は黒焦げよ」

「本気ですね」デービットは言って、目を閉じた。「はい。ガズークスは窓辺に座って、庭を眺めています。雨が降るかどうか考えているんじゃないかな」

「違うわ」リズは言った。「鉛筆をかじりながら考えこんでるの。あなたの見たリスの名前を考えようとしているのよ。さあ、思い描いて、デービット」

デービットはイスの上で体を揺すりながら、想像を解き放とうとした。「ノートをぱらぱらめくってる」

「ハア！」ルーシーは息を飲んだ。「うまくいってるわ、ママ！」

「しっ！」リズが言った。

「なにか書いてる……」

「それで？」静かにするどころか、興奮した口調でルーシーは訊いた。

デービットは、自由に想像を巡らせようとした。すると驚いたことに、ガズークスがくわえていた鉛筆をはなして、ノートにささっと名前を書いたのだ。

スニガー

あまり驚いたので、デービットは眉をヒクヒクさせた。リズは、ソーセージをフォークでつついていた。ルーシーは爪を噛み、ボニントンはあくびをした。ペニーケトルの者たちは全員、答えを待っていた。

「スニガー」デービットは消え入るような声で言った。

どこからか、やわらかな「ハァー！」という声がした。

デービットの濃い青色の目がぱっと開いた。「そうだ」デービットは言った。「ニヤニヤ笑いのスニガーだ」

# 厄介なこと

「いい名前！」ルーシーは言って、うれしそうに母親を見た。

リズがなにか意見を言おうとする前に、玄関のベルが鳴った。「最高のタイミングだわね」リズは呟いて、コンロの火力を落とした。「ルーシー、わたしが応対しているあいだに、食卓の用意をしておいて」

ルーシーはランチョンマットをひっつかんで、ぽんぽんと並べた。「スニガーとバーチウッドのことを話して」

デービットは肩をすくめた。「木に登った。それだけさ」

「違うってば！」ルーシーは言った。「お話を作って」

「ルーシー、言ったろ。ぼくはお話は作れ……待って」デービットは玄関のほうに耳をそばだてた。たしかに、ベーコンさんの声が聞こえたような気がしたのだ。耳をすませると、今度ははっきりとリズの声が聞こえた。

「いいえ」リズは大きなため息をついた。「それはどうも。おやすみなさい」ドアがばたんと閉まった。リズはばたばたと台所に戻ってきた。「ぜんぶ聞こえていたわよ」リズはさっとオーブンの扉を開けた。「ベーコンさんだったわ。ゴルゴンゾーラがあるかって」

「あのすごいにおいのチーズ？」ルーシーが訊いた。

「どうしてゴルゴンゾーラがいるんだ？」デービットは、突然首のうしろの毛が逆立つのを感じた。

「理由は言わなかったわ」リズはぶつぶつ言って、オーブンからジャガイモを出した。「だけど、ベーコンさんのことだから、どうせ怪しげなことを企んでいるんでしょうね」

「大変だ！」デービットがあえぐように言って、いきなり立ち上がった。イスの脚が台所のタイルにこすれてキィーと鳴った。「それだ。やつが作ってるのは……なんてことだ！」

それからなにも言わずに、デービットは廊下へ飛び出していった。

「デービット？　食事はどうするのよ？」リズはやけになって両手を上げた。

「連れてくる」ルーシーは言って、母親にとめられる前に廊下に駆け出していった。

十秒後、ルーシーはベーコンさんの車庫のドアの前にデービットと並んで立っていた。

「ルーシー、いったいここでなにやってる？」

「どうしてあんなすごい勢いで逃げていったの？」

デービットは歯ぎしりした。「ベーコンさんはリスが好きかい？」

「ううん。大嫌いよ。特にシューターはね」

デービットは顔に手をあてて、背けた。そして前髪をぐっとかき上げた。「家へ帰れ」

「どうして?」

「どうしてって……」

「そこにいるのは誰だ!?」

ばたんと音がして車庫のドアが開き、ベーコンさんがゴルフクラブを振り上げて飛び出してきた。

ルーシーはキャッと悲鳴を上げて、デービットのうしろに隠れた。

「落ち着いてください、ベーコンさん!」デービットは叫んだ。

「ああ、おまえさんか」ベーコンさんはがっかりした顔で言った。そして、力が抜けたようにばったりとクラブを下ろした。「なにをこそこそしてたんだ? どろぼうかと思っちまった」

デービットは開いたドアの奥を覗いた。作業台の上に、細長い箱が置いてあるのが見えた。「あれはなんです?」デービットは訊いて、箱を指さした。

ベーコンさんの口の端に笑みが浮かんだ。「ベーコン特許・齧歯《げっし》動物捕獲器だ。見てみるか? 天才的な作品だぞ」

「齧歯動物ってなに?」ルーシーはデービットのシャツの袖を引っぱって訊いた。

「ネズミの別名だ」デービットは言った。「ここにいるんだ、ルース。口答えはなしだ。いいね?」

ルーシーはやや不満げだったけれど、それでもドアのところにじっとしていた。

デービットはベーコンさんについて中に入った。

ベーコンさんはクラブのヒールで箱を叩いた。「二、三時間で組み立てちまった。最初、バネのところがうまくいかなかったがな。もう完璧だ。どうやって動くか見たいかね?」

デービットはしゃがんで、珍妙な仕掛けをしげしげと眺めた。固いベニヤ板でできていて、ネズミが十匹は捕まえられそうな大きさだ。箱の正面に頑丈な蝶番のついた扉があって、金網の窓がついている。ベーコンさんが引っぱると、扉は小さなこすれるような音を立てて上に開いた。ベーコンさんはそれを、箱の内壁からネジでとめてある細い金属の板にひっかけてとめた。デービットは中を覗きこんだ。奥の天井の隅に、覆いのついたライトがあり、その下に小さな赤い動作感知器がついている。ほかは、箱の天井の真ん中からごく細い針金がぶらさがっているだけだった。デービットは触ろうとして手を上げたが、ゴルフクラブに遮られた。

「安全第一!」ベーコンさんは鋭く囁いた。「精密に調整され、敏感に反応する。針金が引き金になるんだ。あそこに餌をつける。くさいチーズをぶらさげようと思ったんだが。ペニーケトル夫人に持ち合わせがなかったのは残念だ。あれが見えるか？」ベーコンさんは、クラブで覆いのついたライトを指した。「一晩中ついて、ネズミどもをおびき寄せる。やつが入ってくると、ライトはぱっと消える。ネズミのやつは暗闇の中でうろうろ餌を探す。そして……」ベーコンさんはクラブで針金をつついた。悪意に満ちたカチッという音を立てて、扉が閉まった。

ルーシーはあっと息を飲んで、げんこつを振り回した。

デービットはさっと立ち上がった。「ベーコンさん。やめてください。今すぐ」

ベーコンさんのまばらな眉毛がくっついた。「いったいなにを言っとるんだ？　庭に、ネズミややつの仲間にいられちゃ、困るだろう」

「あれはコンカーなのよ！」ルーシーが叫んで、飛びこんできた。「デービットが見たのはネズミじゃない。あれは……」

「ネコだったんです」デービットは言って、ルーシーの口を手で塞いだ。「ネコのコンカーです。四軒先で飼ってるんですよ。細くって灰色で、大きなネズミそっくりなんです」

「ネコだと？」ベーコンさんはあざけるように言った。「この辺じゃ、ネコはこの子のうちの汚らしいネコだけだ」

ルーシーはデービットの足を踏みつけて、腕から逃れた。「ママに言いつけてやる！」

ルーシーは車庫から飛び出していった。

「ルーシー、待て！」デービットは叫んで、横向きにピョンピョン跳ねながらルーシーを追った。「やらないでくださいね、ベーコンさん！」ドアのところから、デービットはもう一度言った。

「ここはおれの庭だ」ベーコンさんは言った。「おれが好きなようにする」そして、本気だということを見せるためにゴルフクラブをシュッと振った。

デービットは急いでルーシーのあとを追いかけた。そして玄関のところで追いついた。

「放してよ！」デービットが肩をつかむと、ルーシーは叫んだ。

「ルーシー、聞いて！」

「どうしてわたしがコンカーだって言うのをとめたの？」

「ベーコンさんはリスが嫌いだからさ！　そんなこと言ったたって、事態がもっと悪くなるだけだ！」

「いいえ」声が聞こえた。「もうとっくに悪くなってるわ」台所のドアが開いて、リズも争いに加わった。「いったいどういうことなのか、説明していただけるかしら？　わたしは単なる趣味で料理してるんじゃないわ。食事はとっくにテーブルの上に出てる。これ以上置いておいたら、霜がつくわよ！」

「ベーコンさんがネズミ捕りを作ったの」ルーシーは泣き叫んだ。「だけど、ネズミなんていないのよ！　コンカーがつかまっちゃうわ！　殺されちゃう！　それでもデービットはどうでもいいのよ！」ルーシーは下宿人の胸をパシパシと叩くと、大声で泣きながら二階へ駆け上がった。

　リズは腕を組んで、デービットをじっと見た。

「説明します」

「いいわよ、デービット。かわりにベークドポテトをオーブンに入れておいて」リズはルーシーを追いかけて急いで階段を上がっていった。


　リズが下りてきたのは三十分後だった。そのときはもう、台所は空っぽだった。食卓はかたづけられ、洗い物はすんで、手のついていないお皿が二つ、いちばん低い温度にしたオーブンに入れてあった。

　パンの入ったケースに、メモがはりつけてあった。

散歩にいってきます。ついでに空きビンを回収箱《かいしゅうばこ》に持っていきます。

ボニントンが毛玉を吐《は》き出したので、かたづけておきました。

ルーシーはだいじょうぶですか。　ぼくのせいです。　すみません。

二度とこんなことに、ならないようにします。

デービット

デービットが戻ってきたのは、八時すぎだった。リズは台所で飲み物を作っていた。

「ずいぶん長い散歩ね」リズは言った。

下宿人はおどおどして、玄関でためらっていた。

「デービット、お願いだからコートを掛けてちょうだい。あなたを追い出したりしたら、テディが階段で涙にくれるわ」

デービットはほっとため息をついて、コートを脱いだ。コートを掛けたとき、かすかにカタッと音がした。

「なに？」

「ああ、膝が電話台にぶつかっただけです。ルーシーの様子はどうですか？」

湯沸かしの電気がカチリと切れた。リズはマグにお湯を注いだ。「ご想像のとおり、大騒ぎよ。実際、いいときに帰ってきてくれたわ」

　下宿人はおでこにしわを寄せた。

　リズはデービットにマグを手渡した。「あの子のココアよ。持っていって、また楽しい家にしてちょうだい、ね？」


「誰？」ちょっと驚いたような声だった。

　デービットは、ノックした手を下ろした。「ぼくだ。入っていいかい？」

　布団がガサガサと鳴った。「いいわ」

　デービットは中へ入った。ルーシーは青いパジャマを着て、ベッドの上に座っていた。目は真っ赤で、頬もところどころ赤くなっている。デービットは枕もとのテーブルにココアを置くと、ベッドの端に腰かけた。

「物語を読んでくれるの？」ルーシーは鼻をすすった。

　デービットは首を振った。「今夜はだめだよ、ルース」

　数秒が過ぎた。ルーシーは涙のしみのついたティッシュに、鼻を押しつけた。「コンカーが危ないわ。そうでしょ？」

　デービットは部屋の向こうを見た。ガウェインの目が、キッとこちらを睨み返した。枕もとの電気の薄黄色の光で見ると、龍が火を吹いたとしてもおかしくないように思えた。

「コンカーを助けたい」ルーシーは鼻をすすった。「ベーコンさんに捕まったらどうしよう」下唇が震え、ルーシーはすすり泣きはじめた。

デービットは別のティッシュを見つけて、ルーシーに渡した。「コンカーを助けよう。計画があるんだ」

ルーシーは、涙の溢れた目でデービットを見上げた。

「おかあさんには言わないって約束できるかい？」

ルーシーはごくりとつばを飲みこむと、ガウェインを見た。「どうするの？」

デービットは目をそらして、部屋の隅を見つめた。「まだ細かいところまでは考えていないんだ。いい箱が見つかるかどうかにかかってる」

ルーシーの口がゆっくりと開いた。

「そうだ」下宿人は、ルーシーの考えを読んで言った。「ベーコンさんにできるなら、ぼくたちにだって罠を仕掛けられるはずだ。ぼくたちはぼくたちで、コンカーを捕まえられるかやってみよう……」

# 屋根裏で

次の日、デービットは箱を手に入れた。

「ウサギの檻？　どこに？」

「上よ」ルーシーはひそひそ声で言って、踊り場の天井にある扉を指さした。「あの扉を開けると、はしごが下りてくるの。ママはあそこに、がらくたをぜんぶ突っこんでるわ」

デービットは不安げに髪をかき上げた。「もし勝手に屋根裏をひっかき回してるところを見つかったら、ぼくも一緒に突っこまれそうだ」

「あとで、ママがいなくなってから、取りに行けばいいわ。もうすぐ、工芸展に行くから」

階段の下からリズの声が響いてきた。「ルーシー、用意してちょうだい。一時までにはでかけたいの」

「わたしは行かないわ、ママ。デービットがコンカーを探すのを手伝ってくれるって言うから」

「ルーシー？」デービットはルーシーを引き寄せた。「このことは内緒ってことになってるだろ?」デービットは手すりをぐっとつかんで、乗り出した。「その、昨日の夜、あんまりにも動揺してたから、つい言ったんです……つまり……」

リズはペニーケトル家特有の、あの緑の目でじっとデービットを見た。「どっちがよりたちが悪いのかしら。この子があなたを手なずけたのか、それともあなたがふきん並みにしめっぽいのか。まあいいわ。家にいなさい。だけど、デービット、あなたが責任を持つのよ。もし帰ってきて、この子の靴やタンガリーのズボンに泥がこびりついていたら、洗うのはあなたですからね。いい?」

「わかりました」デービットはうめいて、屋根裏に目を向けた。


埃だらけの天窓から太陽の光がさしこんでいたおかげで、檻はすぐに見つかった。それは隅っこの、箱や壁紙の見本やまるめた古いカーペットの横に置いてあった。デービットは少しよろよろしながら、一歩一歩梁《はり》をまたいでいった。ズボンを汚すという理由で、屋根裏に入ることを禁じられたルーシーは、はしごを登ったところからじっと見ていた。

「使えそう?」ルーシーは、デービットがしゃがんで檻を調べているのを見て、訊いた。

「完璧だ」デービットは言って、檻を引き寄せた。「すぐに――あれ? なんだ?」

「なに?」ルーシーはゴホゴホと手の中に咳をしながら訊いた。

「光だ」デービットは言った。「どこからか入ってきてるんだ。ちょっと待ってて」デービットは梁を二つ越えると、まるめたカーペットのほうへ歩いていった。細い光の筋が屋根裏の床をかすめるようにのびていた。「レンガに穴が開いてる」デービットは報告すると、屈んでもっとよく見ようとした。「それで……あれ!?」デービットの声は小さくなり、黙りこんだ。穴のすぐそばの垂木《たるぎ》【屋根を支えて横に渡してある木】の中に、なにかある。最初、古い鳥の巣かと思ったが、よく見ると、もっと大きくて、まるい。こんな巣を作る鳥はいない。リスの巣だった。

「見てもいい?」デービットがそのことを告げると、ルーシーはたのんだ。

「だめだ」デービットはきっぱりと言った。「そこにいるんだ。どっちにしろ、もう使われていない」デービットはもっと屈んで、穴から外を覗いた。「へえ、シカモアの木が見える。それで、リスが入りこんだんだな。木に登って、屋根に飛びうつったんだ。頭がいいな。ここなら居心地もいいだろう――わああ!」

「ひぃ!」ルーシーは悲鳴を上げて、はしごを握りしめた。デービットがいきなり倒れこんできたのだ。デービットがドスンと尻もちをつき、埃がもうもうと立って、天井が揺れた。

「大丈夫?」ルーシーは叫んだ。

「ああ」デービットは言って、立ち上がった。そして服についた埃をはらうと、檻を拾い上げた。「外に鳥がいたんだ。たぶん、カラスだと思う。穴から覗いていたら、枝にとまったんだよ。ちょうどそいつの真っ黒いビーズみたいな目が、隙間を塞ぐような感じになったから、思わずびっくりしたんだ。それだけだよ」デービットは指をなめると、トレーナーについたしみをとろうとした。「きっとあの辺に巣があるんだ。前に庭でカラスの羽根を見つけたことがある。それに——あれ、なんだろう?」デービットは急に話をやめて、屋根裏の床をじっと見た。

「どうしたの?」ルーシーは尋ねた。

「下で羽がバタバタするような音がしたんだ。《龍のほら穴》になにかいる」

「見てくる」ルーシーは言って、急いではしごを下りた。

「ルーシー、待て」デービットはルーシーを追いかけて、はしごを伝い下りた。「小鳥みたいだった。スズメかなんかだろう。ぼくが見に行くほうがいい。ほら、これ持ってて」デービットはルーシーに檻を渡すと、脇をすり抜けて先にアトリエに入った。

デービットは棚の上にいる緑の目の龍たちを見回した。グウィネヴィアはいつもの、ステンドグラスの飾りのぶらさがった窓のところにいた。鳥がいるらしい様子はまったくなかった。「おかしいな。たしかに音がしたのに」デービットは棚に近寄った。ルーシーが慌ててその前に回りこんだ。

「わかってる！」ルーシーは大声で叫んだ。「スズメなの！　たまに樋《とい》の中で暴れてるのよ。砂浴びしてるんだってママが言ってた」

デービットは窓のほうに歩いていって、首を伸ばして上のほうを覗いた。「ふーん。屋根裏に音が反響したのが聞こえたのかな」

「そうよ」ルーシーは満足げに言った。「それより、早く罠を作りましょ」

デービットは舌を鳴らした。「だけど……ほかにも原因は考えられる」

ルーシーはピクッとした。

「龍が飛び回っていたのかもしれない」

デービットの言葉にルーシーの顔が真っ白になって、唇にしわが寄った。

「冗談だよ」デービットは笑って、ルーシーの髪をくしゃくしゃにした。「さあ、取りかかろう。粘土のかたまりをちょっとだけ持ってきてくれるかい？」そしてデービットはまだくすくす笑いながら、ドアから出ていった。

ルーシーはほうっと大きくため息をついた。それからゆっくりと視線を動かして、ドアの横の、いつもグラッフェンが座っているところでとめた。

「やっぱりね」ルーシーは呟いた。

そこに龍はいなかった。

## リスの捕まえ方

ルーシーは急いで階段を下りてデービットに追いつくと、尋ねた。「うちの屋根に住んでいたのはコンカーだと思う?」

デービットは台所のテーブルの上に檻を置くと、くるりと回して、正面を自分のほうに向けた。「もしそうだとしても、今はいない。コンカーは高いところにうまく登れないんじゃないかと思うんだ。地面の上でもぐるぐる回ってしまうなら、木に登ろうとしたらどんなことになると思う?」

ルーシーはためしに片目を閉じて、上のほうを見てみた。「だけど、眠るときはどこにいるの? リスは木の上で暮らしているんでしょ」

デービットは檻の正面を引っぱって、外した。中は、古いわらが少し残っているほかは、清潔で乾いていた。「地面の近くに、隠れ場所があるんだと思う。それを早く見つけられればいいんだけど」デービットは檻の正面を元の位置にパチンとはめると、ベニヤ板の引き戸を上に引っぱって開けた。檻には、そこしか戸はなかった。手を放すと、戸はピシャッと閉まった。「いいぞ。さっきたのんだ粘土は持ってきてくれた？」

ルーシーはベタッとテーブルにかたまりを置いた。

デービットは粘土をくるくると丸めて小さな球にした。そしてポケットからヒモを取り出すと、片方の端をしっかりと球に埋めこんだ。それから戸を引き上げて、粘土で閉まらないように押さえ、もう一方の端をルーシーに渡した。「引っぱって」

ルーシーはヒモをぐいと引いた。粘土が外れて、戸がピシャッと閉まった。

「ほーら！」デービットはうれしそうに言った。「ベーコンさんのみたいにハイテクじゃないけど、なんとかなりそうだ」

ルーシーはまだよくわからないといった顔をしていた。「だけど、箱が庭にあるときは誰がヒモを引っぱるの？　八時にはベッドに入らなくちゃいけないのよ」

「コンカーさ」デービットは言った。「今、きみが持ってるヒモの先に餌をつけておくだけでいい。コンカーが餌をつかんで引っぱれば……ピシャリさ。運さえあれば、コンカーを捕まえられる」

ちょうどそのとき、ネコ用の扉からボニントンが飛びこんできた。ボニントンはイスの上に飛び乗ると興味津々で檻に向かって鼻をヒクヒクさせ、金網に頬をこすりつけた。

「フーム」デービットはちょっと渋い顔をした。「これは考えなかったぞ。どうやったら、このいじりたがりを近づけないようにできるだろう？」デービットは頭の中で檻の入り口の大きさを測ってみた。入り口はひどく大きいということはなかったけれど、ネコが本気になればすぐに身をくねらせて入れそうだった。

「わかった！」突然ルーシーが言った。そして、流しの下の戸棚に顔を突っこむと、プラスティックのつぶれたチューブを取り出した。「これを使えばいいわ」

「ネコよけ？」

ルーシーは蓋をねじって開けると、手のひらにオレンジ色のジェルを絞りだした。そしてそれをボニントンの鼻の下に突きつけた。ボニントンはまるで殴られたようによろよろと下がった。そして、怒ってシュウッとうなると、イスから飛び降りて、またネコ用の扉をくぐって出ていってしまった。

「オレンジの香りがするの」ルーシーは説明した。「ボニントンはオレンジが大嫌いなのよ。ママはこれをバラのそばに置いて、ボニントンがフンをしないようにしてるわ」

デービットはチューブを受け取って、説明を読んだ。「ああ、だけど、ボニントンに効くってことは、コンカーにも効くかもしれない。この箱にいちばんいらないものは、《リスよけ》だからね。やっぱりだめだ。ぼくたちはボニントンが近づかないように、それでコンカーがやってくるように、ただ祈るしかないな。ぜったい来るよ。ぼくが用意したものを見ればね。ぼくのコートのポケットを見ておいで。ひとつもこぼすなよ」

ルーシーは急いで出ていった。そして茶色い紙袋を持って戻ってきた。「ドングリ！」ルーシーはびっくりして言った。「どこで拾ったの？」

「どこでもいいさ」デービットは言った。「盗んできたと思うと、いやな気持ちがするんだ。さあ、罠を仕掛ける番だ」

*

相談の結果、罠はロックガーデンの裏に仕掛けることになった。デービットは崩れてくる小石をかきのけて、箱を慎重に見えないところに置いた。それから、ドングリをひとつかみ取って、ロックガーデンと庭の奥にはえたイバラのあいだに点々と撒いた。あとのドングリはぜんぶ箱に入れて、箱を少し傾けて、奥のほうまで転がした。最後に、小鳥の餌台から、殻をむいたピーナッツをひとつ取ってきて、ヒモを固く結びつけた。「これがコンカーのごちそうだ」デービットは餌を檻に入れながら、ルーシーに言った。それから檻の引き戸を持ち上げて、粘土のかたまりで閉じないように押さえた。「よし、できたぞ」

ルーシーは、まるでピクシー【いたずら好きの小鬼の妖精】のようにロックガーデンの上にちょこんと座っていたが、やっとのことで言った。「それで？」

「あとはコンカーしだいだ」デービットは言って、トレーナーの前で手を拭いた。そしてドングリの帽子を小石のほうに弾きとばした。「ぼくたちは待つしかない」

# 捕まえた！

ルーシーは、ルーシーだから、待てなかった。その日の午後、母親が帰ってくるまで、少なくとも六回は罠を見にいった。いつ行っても、同じだった。木の実はひとつ残らず、デービットが置いたその場所にあった。罠を訪れたのは、小さなオニグモ一匹だけで、ルーシーに言わせれば、ヒモはおろか、ネコの毛すら引っぱることはできなさそうだった。

「もっと気長に待たないと」日が暮れて暗くなってくると、デービットは言った。「これは罠なんだ。最初は疑うに決まってるよ」

ルーシーはタンガリーのズボンのポケットに両手を突っこんで、悲しそうに台所の窓から外を覗いた。雨粒のついた窓ガラスに、心配そうな顔が映っていた。

そのとき、リズが入ってきて、ボニントンを抱き上げた。「さあ、ルーシー。寝る時間よ」

ルーシーはうしろを向いて、黙って台所を出ていった。

「あらあら」リズはボニントンを下ろした。「コンカー探しはうまく行かなかったようね」

デービットは浮かない顔で肩をすくめた。

リズはつま先立ってドアまで行くと、きちんと閉めた。「大丈夫よ。わたしが今日、買ってきたものを見れば、元気になるはずよ」リズは戸棚を開けて、いちばん上の棚から古いケーキの缶を下ろした。中に入っていた茶色い小さな箱を、リズはデービットに手渡した。「来週、あの子の誕生日なの。どうぞ。開けてみて」

「誕生日?」

「しぃ!」リズは耳をそばだてた。「あの子の耳ときたら、まるでゾウの耳なんだから」

デービットはパチンと箱を開けた。「これはいい」デービットは顔を輝かせて、包みの中からカメラをそっと取り出した。

リズは唇に指をあてた。「十一歳の子どもにも使えると思う? カメラのこと、わかるでしょ?」

「うーん」デービットはカメラを部屋の端から端へゆっくりと動かした。「大丈夫だと思うな。写すには、ただカメラを向けて……」

カチッ!

「やだ、デービット。フィルムを無駄にしないで」リズは舌打ちした。カメラのレンズはまっすぐリズを向いていた。

「ぼくは触ってません。誓って！」デービットはシャッターの上で指を振った。

リズは眉をひそめて、窓のほうを見た。「じゃあ、なにか庭にいるんだわ。たしかにカチッて音がしたもの」

デービットはぱっと立ち上がった。「カチッ？　ピシャッじゃなくて？」

「カチッよ。どうして？　どういうこと？」

デービットは玄関のほうへあとずさりしながら言った。「ルーシーにはぜったい、なにも言わないでください。ベーコンさんのネズミ捕り器だと思う」

デービットは隣へすっ飛んでいって、ベルを鳴らした。

例によって、ベーコンさんはデービットを見ると、うんざりしたような顔をした。「今度は何だね？　ニュースを見とるんだ」

「罠です、ベーコンさん。捕まったみたいです！」

ベーコンさんは飛び上がった。「裏門だ」ベーコンさんは鋭く囁くと、ドアを閉めた。

デービットは急いで家の裏へ回った。ベーコンさんは門のかんぬきを外し、デービットもあとについて庭に入っていった。台所の横を通ったとき、ベーコンさんは手を伸ばしてスイッチを入れた。イルミネーションがつき、まるで滑走路のように芝生に光が並んだ。突きあたりに、あの恐ろしい罠があった。

戸は閉まっていた。

「捕まえたぞ！」ベーコンさんはおおはしゃぎで、ぴょんぴょん踊り回った。そしてさっとしゃがむと、ポケットから懐中電灯を出して、金網越しに中を照らした。

デービットは心臓が止まりそうだった。今ここで、ベーコンさんを殴り倒して、ネズミ捕り器を盗んでコンカーと逃げたら、何年牢屋に入ることになるだろう？　するといきなり、ベーコンさんがバシッと芝生を叩いた。

「チクショウ！　間違いだ。ハリネズミを捕まえやがった」

デービットは膝をつくと、中を覗いてほっとした。子どものハリネズミが、チーズのかたまりをかじりながら、箱の中をうろうろしていた。

「いったいどこから来たんだ？」ベーコンさんはぼやいた。

「きっとここに住んでいるんですよ」デービットは言った。「禁止されちゃいないですからね」

「欲しいのか？」ベーコンさんはかみつくように言った。

デービットは、相手をひるませるような目で見た。「赤ん坊のハリネズミをどうするっていうんです？　さあ、逃がしてください」

ベーコンさんは足が痛いだのなんだの、ぶつぶつ言いながら罠を持ち上げると、庭の奥へ運んでいった。そして、デービットに厳しく監視されながら、ハリネズミを逃がしてやった。

「もっと高いところに置かないとな」ベーコンさんはぶつぶつ言うと、どこかいい場所はないかきょろきょろしながら、デービットと一緒に芝生のほうに戻った。

「ええ」デービットは上の空で答えた。が、ベーコンさんの言ったことの重大さが飲みこめたとたん、コンカーのためのチャンスであることに気づいた。「そうですよ！　そりゃいい考えだ！」

　ベーコンさんはデービットにぶつかって止まった。

「何度も罠を仕掛けなおすんじゃ、面倒でしょうがないでしょう。高いところに置いておけば、ハリネズミとか……ほかのものは入れない。でも、ネズミなら入れる。やつらは高いところに登るのが好きですからね」

　ベーコンさんはつま先をトントンとさせた。「あの冷床【自然のままの苗床で特にビニールなどで加温しないもの】の上はどうだろう？」台所の窓の横に棚があって、三段あるうちいちばん下が小さな冷床になっていた。その上が空いていて、少なくとも地面から一メートルはあった。

「縄を垂らしておけばいいか」ベーコンさんは考えこんだように言った。「そうすれば、ネズミのやつも自分が賢いと思って、のこのこ上がってくるだろう」

よし、とデービットは心の中で思った。なんなら隅っこに運動用のリールをつけるなりなんなりしてくれ。ともかく地面から離してくれれば、コンカーには届かない。

「明日やろう」ベーコンさんはふんと鼻を鳴らして、物置のそばのがらくたの山にネズミ捕り器を放り投げた。

「よかった。じゃあ、ぼくは行きます」デービットはうしろ向きのまま意気揚々と門のほうへ下がっていった。そして、ひそかにこぶしを握って、回れ右をした。と、そのとき、うしろでなにかカランと音がした。デービットは立ち止まって、うしろのがらくたの山を振り返った。古いじょうろが堆肥の袋の上を滑り落ちて、重ねてあった瓦にあたった音だった。

デービットは肩をすくめて、門の掛け金に手を伸ばした。が、掛け金を上げたとたん、ガズークスの姿がふっと浮かんできた。それがあまりにも鮮明で、突然だったので、デービットはまるで火に触ったように、掛け金をぱっと離した。特別な龍は、煙の輪のようなものをフウッと吹きだした。中に、セリフのようなものが見えた。**隠れ場所は地面のそば**……デービットは胃がきゅっとなった。そして振り返って、がらくたの山をじっと見つめた。

「方向がわからなくなったのか？」ベーコンさんは怒鳴って、門のほうに顎をしゃくった。

「今、帰りますって」デービットは深く考えこみながら、ぶつぶつ呟いた。そして、もう一度ちらりとじょうろを見た。きっとなんでもない。夢想だ。希望的観測ってやつだ。龍の夢だ。

デービットは門を閉め、歩いて家に戻った。

居間で、リズが植物に水をやっていた。「で、どうだったの？」

デービットは靴を脱ぎ捨てると、ソファにごろりと横になった。「ベーコンさんがハリネズミを捕まえたんです」

「もちろん逃がしたわよね？」

「ええ。もちろんそうさせました」

「ふうん」リズはうなるように言って、髪を指に巻きつけた。そして、シャコバサボテンから、枯れた葉を摘みとった。「つまり、ちゃんと動くわけね、そのネズミ捕り器は？」

デービットはクッションをお腹に押しつけた。「ええ、でもコンカーは大丈夫です。しばらくはね。ベーコンさんをだまして、高いところにネズミ捕り器を置かせたんです。だけど、気が変わってまた戻したりすれば……」

リズはユッカの鉢の台皿に水を足すと、ティッシュでこぼれた水を拭いた。「心配なら、ガズークスに訊いてごらんなさい。こういうとき特別な龍が助けてくれるのよ」

デービットは目をくるくる回して、天井をあおいだ。ときどき、リズのことがわからなくなる。いつもはとても現実的な人なのに……。「どうして、まるで本物みたいに龍のことを話すんです？」

「本物だからよ」リズはさらりと言った。「少なくとも、わたしとルーシーにとってはね」

デービットは肩を落とした。「ボニントンとおしゃべりでもしに行くか」

「だめよ」リズは眉をひそめて真剣に言った。「あれは、オヒョウ【カレイに似た大型魚】並みにとんまなんだから。ガズークスならわかってくれるわ。もっと深いところで」

デービットはいぶかしげにリズを見た。

「スニガーの名前はガズークスが教えてくれたって、自分でも言っていたじゃない。あなたが質問をして、ガズークスが答えたんでしょう？」

「それは別です」デービットは呟いて、視線をそらした。けれども、ベーコンさんの庭でガズークスの姿を一瞬、見たことを思い出した。あのとき、龍は自分になにか言おうとしていたのだろうか？　いや、ばかばかしい。陶器の龍が、コンカーの隠れている場所を知っているわけがないじゃないか。「そうだ、おかしな話をしているついでに、もうひとつ。夜、寝ていると、音がするんです」

「音？」リズはムラサキツユクサの葉を取りながら言った。

デービットは頭の上を指さした。「龍のほら穴から。ネコが喉を鳴らしているような音です。いや、違うな。もっと、そう、ハァーッて感じです」

「ああ、それなら心配ないわ」リズはイトランの葉で龍の鼻づらをなぞりながら言った。「あれは……ただのセントラルヒーティングの音よ。ソファから足を下ろしてちょうだい」

リズはデービットの足首をパシッと叩くと、さっと部屋を出ていった。

デービットは急いで足を床に下ろした。それからしばらく、親指をもてあそびながら、じっと宙を見つめて座っていた。するとひどく奇妙な考えが浮かんできた。デービットはイトランの鉢の横にいる龍をちらりと見て、それから居間の壁をぐるりと見回した。「リズ！」デービットは大声で叫んだ。「暖房の吹き出し口がない！」

セントラルヒーティングなんてないじゃないか、とデービットは思った。

# 目撃

デービットは、いつものリズの冗談だと思うことにした。煙突のある壁にガスストーブがあったけれど、いまだに使っているのを見たことがなかった。つまり、こういうことなのだ。火を吹く龍たちが、電気やガスよりも安いエネルギーとして家を暖かく快適にしていると信じましょうってこと。

これはいい、リズ。最高の冗談だ！　ハハハ！

龍。このとげとげしい生き物たちは、いたるところに出没した。デービットは、ルーシーが龍たちを運んで歩いているのを、しょっちゅう見かけた。マントルピースの上に置いたり、と思えば下ろしたり、きまぐれに居間中を移動させている。ここ何日か天気予報で霜が予想されていたときには、階段の上近くにある一枚ガラスの大きな見晴らし窓にまで、二匹いっぺんに登場した。外の人たちから見れば、ペニーケトル家はひかえめに言っても……そう、かなり風変わりに見えるだろう。そしてデービットもいつのまにか、それに慣れていた。

それにどういう方法で暖めていようと、家が暖かいのはありがたいと次の日、下宿人は思った。その日は日曜日で、ひどいどしゃ降りだった。あまりに雨が激しいので、ルーシーですら、分別のあるリスなら、こんな天気の日にあえて外に出たりしないだろうと認めざるをえなかった。ましてや、罠の中を見ようなんて気を起こすはずもない。ルーシーはほとんど一日中、母親と一緒に学校の絵の宿題をやっていた。デービットは、一人になれたのを喜んで、ここぞとばかりに大学の論文をパチパチと打ちこんだ。ここに来てから、覚えている限りでいちばん静かな日だった。

ところが月曜には、すべてが変わった。目が覚めると、部屋のカーテンの隙間から朝日がさんさんと降り注いでいた。デービットは目を細めて時計を見た。八時十五分前だ。ボニントンを押しのけると、デービットはかすんだ目でふらふらしながら台所へ入っていった。台所に入ったとたん、ルーシーがロックガーデンによじ登って向こう側に下りようとしている姿が目に入った。リズがいないか耳をすませたが、なんの音もしない。デービットは必死で、静かに台所の窓を叩いた。ルーシーがぱっと振り返り、その拍子に足を滑らせ、小石がぱらぱらと崩れ落ちた。ルーシーは下宿人に向かって顔をしかめると、口をパクパクさせて「何よ?」と言った。デービットは手招きした。

「なにやってるんだ?」

「罠を見に行ったの」

「それはわかってる。そんなところで《お城の女王さま》をしているのを、きみのママに見られたら、疑われると思わないのかい？」

「ママはお風呂に入ってるのよ」ルーシーは言って、デービットを上から下までじろじろ見た。「そのかっこうで寝てるの？」

下宿人はけばのたった青い靴下と、茶色いパジャマのズボンと、巨大な黄色いアヒルのついたTシャツを着ていた。「なにが悪いんだ？」デービットは言った。

ルーシーが答える前に、玄関のベルが鳴った。「わたしが出るわ」ルーシーは廊下に走り出た。「お客が怖がって帰ったら困るからね」

「ありがたいね」デービットはぼそっと言うと、カラカラとコーンフレークをお皿にあけた。

牛乳を取ろうと手を伸ばしたとき、玄関のドアが開いて、ルーシーの声が聞こえた。

「ああ、こんにちは」

「長くはかからん」ベーコンさんの声が響いた。「どけ。あいつはどこだ？」

デービットは冷蔵庫の扉を閉めると、様子を見にいった。「どうしたんです？　朝ごはんを食べているところなんです」

ベーコンさんは、灰色の毛の房を掲げてみせた。

ルーシーは息を飲んで、よろめいてうしろの階段にぶつかった。

デービットは胃が一気に足まで沈んだような気がした。「ど、どこで見つけたんです？」

「窓に置いた植木鉢にからまっとったんだ」ベーコンさんは言った。「メガネがいるんじゃないか？　おまえさんが見たネズミは木の上にいるネズミだ」

「何もしないで！」ルーシーが叫んで、前に出ようとした。

デービットはすばやくその前に立ちはだかった。「落ち着け」デービットは囁くと、ルーシーを脇へ引っぱった。「捕まえたとは言っていないだろう？」

ルーシーの眉毛がくっついた。デービットはもう一度ベーコンさんのほうを向き直った。そして注意深く言葉を選びながら、尋ねた。「リスを見たってことですか？」

「間違いない」ベーコンさんは吐き出すように言った。「わしの窓台に座っとった。はっきり見たんだ。窓ガラスを叩いたのさ。びっくりして、もう少しでコーヒーをズボンに溢《こぼ》すところだった」

「溢せばよかったのよ！」ルーシーは噛みつくように言った。

デービットはもう一度ルーシーのほうを向いた。「ルーシー、お願いだからぼくに任せてくれないか？」

ルーシーは腕を組んで、頬をふくらませた。

デービットは手を胸の高さまで持ち上げた。「つまり……地面から離れているところってことですね？」

ベーコンさんの口ひげが、いらだたしそうにひくひくした。「図でもお書きしましょうかね？」

「おかしいな」デービットは頭をかいた。いったいぜんたい、どうやってコンカーは窓台に登ったんだ？「そのリスですけど、目はいくつありました？」

「冗談のつもりか？」ベーコンさんはほえた。「二個に決まってるだろ！」

「二個？」ルーシーは驚いて聞き返した。

ベーコンさんは屈んでルーシーの顔を覗きこんだ。「とんがったちっこい鼻の両脇に一個ずつだよ」

そのひと言だけでも、ルーシーにはじゅうぶんだった。ルーシーはかっとして、思い切りドアを蹴っ飛ばしてベーコンさんの鼻先で閉めた。

デービットはぞっとして小さい悲鳴を上げた。「ルーシー！　なに考えてるんだ？」そして慌ててドアを開けた。ベーコンさんはハンカチを鼻にあてていた。「すみません、ベーコンさん。風のせいです。裏口ですよ。隙間風がね、しょっちゅうなんですよ」デービットはにこやかに笑ってみせると、ポーチに出て、ベーコンさんと一緒に門に出る小道に下りた。「それじゃ、つまり最初からリスだったってことですね？　なるほど。遠くからだと見間違えやすいからな。でも、これでもうネズミじゃないとわかったんだから、ネズミ捕りなんていらない、ってことですよね？」

ベーコンさんは横で立ち止まった。「リスっていうのは、庭の厄介もんだ。とっとと捕まえちまうのがいい」そしてそれだけ言うと、くるりと回れ右をして、ゆうゆうと道路に出て車に乗りこんだ。

デービットは、小さい声でののしった。それから家のほうへ戻っていった。ルーシーは足で階段をこつこつと蹴っていた。「ぼくに任せてくれないか？」ルーシーはいやみたらしく言うと、今度はデービットの鼻先でばたんとドアを閉めた。

デービットはかっとなって舌打ちすると、郵便受けの蓋を持ち上げた。「ルーシー、入れてくれ。凍えちゃうよ」

「ご勝手に。あなたなんて来なければよかった」

「今は、ぼくもそう思ってるよ。さあ、開けて。話をしよう。窓台にいたのはコンカーじゃない」

「コンカーよ」

「違う。片目じゃ、あそこまで上がれないはずだ。庭にはもう一匹リスがいるんだよ」

「あれはコンカーよ！」

デービットは郵便受けの蓋をバタンと閉じた。それから、今度は別の方法で行くことにして、もう一度蓋を開けた。「わかった。コンカーだっていうなら、傷は治ったんだな。さあ、入れてくれ。じゃないと、きみのママが下りてくるまでベルを鳴らし続けるぞ」

「けっこうよ。もうここにいますから」声がした。

ドアがぱっと開いた。リズが、人質をとったみたいにルーシーの肩をつかんでいた。爆発寸前なのがひと目でわかった。「なにごと？」

デービットは中に駆けこむと、腕をさすった。「ベーコンさんがリスを見たんです」

「コンカーなの」ルーシーが泣き声を上げた。「ベーコンさんは、なにがなんでも捕まえるつもりよ。それもこれもみんな、この人のせいなの！」ルーシーはデービットのむこうずねを蹴り上げた。

「さあ、そこまでにしなさい」リズはルーシーを階段のほうに押しやった。「部屋にいなさい。学校の時間まで。それであなたは……」リズはデービットのほうを向き直った。

「本当にそのかっこうで寝ているの？」

デービットはむっとして鼻を鳴らすと、さっさと自分の部屋に逃げこんだ。

「そこまでだ！」デービットはボニントンに向かって言うと、ベッドから放り投げた。

「あのネズミ捕りをなんとかしないと。なにも捕まってないうちからあんなだったら、捕まったときは、どうなる!?」

ニャオ、と鳴いて、ボニントンは背中を丸めた。ぶるぶるっと身震いすると、部屋を横切って、洋服が掛けっぱなしになっているイスのほうへそっと歩いていった。そして床に落ちていたセーターのにおいをふんふんと嗅いで、前足でつつくと、端から鼻を突っこんだ。

「なんとかやめさせる方法を考えないと。一時しのぎじゃなくて、リズにも文句を言われないような方法を」

こもったミャオという声がして、考えは遮られた。

ボニントンがセーターの中に潜りこんでいた。ネコは戦いごっこをしようと決めたらしく、セーターはぐつぐつ煮えているスープのように波打っていた。

デービットはうめいて、セーターを抱え上げた。首のところから、ボニントンの頭が突き出した。「なにやってるんだ？」デービットは訊いた。

ミャオウ？　ボニントンは鳴いた。

「このセーターはいちばん気に入ってるんだ。毛糸がほつれるだろう？　そんなところに入……」

デービットは座って、目をしばたいた。

ミャオウ？　ボニントンはもう一度鳴いた。

下宿人の顔に、ゆっくりとずるそうな笑みが広がった。「そうだ。おまえはコンカーを助けるのを手伝ってくれるよな、ん？」

アウ？　まるで下宿人の頭の中に浮かんでいる図を見て、ひどく気に入らないといった様子だった。

「大丈夫さ」デービットは囁いた。「痛くもかゆくもないから。今夜の夕飯のころには、本物の英雄になってるよ……」

# ボニントン、行方不明になる

その日の四時ごろ、ルーシーが、迎えに行ったリズと学校から帰ってくると、デービットが台所で洗い物をしていた。

「まあ、夢を見てるのかしら！」リズは言った。「洗ってあるお鍋と、片づいている食卓が見えるわ……おまけに、モップ掛けたての床？」

デービットは決まり悪そうにもぞもぞした。「トレーナーに泥がついちゃったから……」

「よけいなことは言わないで」リズが手を上げて制した。「掃除をしてくれたってことが大切なんだから。どうしてこんなに早く帰ってきたの？」

デービットは舌を鳴らした。「えっと、休講だったんです。お茶が入ってますよ」

リズは、ネコの形をした保温カバーとお茶が注がれるのを待つばかりの三つのマグカップを見やった。「あらあら、王さまの気分だわ」そしてうれしそうにコートを掛けに行った。

ルーシーは、リズを通した。「もう見た？」ルーシーは小声で言って、窓に駆け寄った。

「ああ。だめだった。もう、仲直りってことだね？」

「ママに言われたからよ。本当にちゃんと見たの？」

「ルーシー……」

「さあ、ではいただきましょうか」リズがさっそうと入ってきて、袖をまくり上げた。そしてテーブルに座ると、お茶を注ぎはじめた。

「ああ、忘れるところだった」デービットが言った。「《チャンキー・チャンクス》のキャットフードをボニントンに出しておいたんだけど、どうやら……その、いないようなんです」

ルーシーは空のかごを見やった。「ビスケットの音をからからさせてみた？」

デービットは首を横に振った。

ルーシーは、どうしようもないというように舌打ちをした。「探してくるわ」そしてチキン味の《トラフグッド》をからんからんと振りながら外に出ていった。

二分後にルーシーは戻ってきた。そして、どこにもいないのよ、と言った。

「乾燥用戸棚は見た？」リズが訊いた。

「二回もね」ルーシーは言った。

「なら、庭を探してごらんなさい」

ルーシーは、さっきよりも大きな音を立てながら出ていった。

「変ね」リズは言った。「ボニーがいなくなるなんて珍しいわ。なにか面倒なことになってなければいいんだけど……」

ミャアアアオオオォ！

「ボニントンだわ」リズはお茶を置いた。

「ママ！」ルーシーが叫んだ。

リズは庭へ飛び出した。

デービットはすばやくお祈りを唱えると、あとを追った。

中庭でルーシーはなにがあったか説明した。「箱を振ると、悲しそうに鳴くのよ。聞いてて」そして、ルーシーはもう一度箱を振った。

ニャオオオォ！

リズはくるりとベーコンさんの庭のほうを向いた。「隣から聞こえる」

「え！」ルーシーは息を飲んで、ビスケットを落としかけた。「まさか……？」

リズは最後まで聞いていなかった。恐ろしい形相でつかつかとベーコンさんの家のほうに歩きだしたので、ルーシーとデービットも慌ててあとに続いた。

幸か不幸か、ベーコンさんはちょうど図書館から帰ってきたところだった。リズが近づいてくるのを見ると、帽子を取った。

「ベーコンさん、今すぐ庭に入れてちょうだい！」リズは羽目板張りの門を指さした。

「なにか問題でも？」

「中にボニントンがいるんです。もしあるまじきところに閉じこめられているなら、問題になるでしょうね！」

ベーコンさんの顔が、焼いてないホットケーキみたいな色になった。ガチャガチャと鍵を開けて家に入ると、すぐに台所のドアから出てきて、庭の門のかんぬきを開けた。

リズとルーシーは、猛烈な勢いで中へ入っていった。

そしてすぐに、耳をつんざくような悲鳴が上がった。半径七百メートル以内にいる鳥たちがいっせいに飛び立ち、命からがら逃げていった。

ベーコンさんは恐ろしさのあまり息を飲んだ。ネズミ捕りが、横倒しになって転がっている。

その金網から、もじゃもじゃの顔が覗いていた。

「すぐ出してちょうだい！」リズが大声で怒鳴って、箱を指さした。

ヘンリーは震える手を口にあてた。「だが、こんなことはありえない」ベーコンさんはわめいた。「こんなデブネコが」

「なんですって？」

ベーコンさんは強風にあおられた木のようにのけぞった。「大きさに対する場所の比率が……科学的に不可能だ。ぎゅうぎゅう詰めになってるじゃないか」

「あなたをぎゅうぎゅう詰めにしてやるわ！」リズは物騒な口調で言った。「今すぐわたしのネコを出してちょうだい！」

ベーコンさんは襟もとをゆるめると、そろそろとしゃがんで、ネズミ捕りの扉に手を伸ばした。ボニントンはフウッとうなって、歯をむき出した。ベーコンさんはビクッとしてうしろにひいた。

「ぼくがやります」デービットが言って、膝をついた。ボニントンの態度は、同じくらい敵意に満ちていた。デービットを見るなり、熱い油の入った鍋に水を落としたみたいな声でうなった。デービットは身を乗り出して、歯を食いしばった。「やめろよ。出してやろうとしてるんだから」そして、扉をぐいと引っぱって開けた。ボニントンは飛び出してきて、下宿人の手をシャッとひっかくと、ぺたんと腹をついてこそこそ逃げ出そうとした。ルーシーはボニントンを抱き上げて、リズに渡した。ボニントンはリズのカーディガンに鼻をおしつけて、生まれたての仔ネコみたいにミャーミャー鳴きだした。

「さあ」リズは、鼻がくっつかんばかりにベーコンさんに詰め寄った。「このネズミ捕りは片づけてもらいます」

　ルーシーの目が大きく見開いた。そしてさっとデービットのほうを見た。デービットは爪をいじりながら、音のしない口笛を吹いていた。

　ヘンリー・ベーコンは歯の間から息を吸いこんだ。「必要なのは発想の転換だ、ペニーケトルさん。ちょっとした改良を加えればすむはずだ」

「改良が必要なのはあなたでしょ」リズはうなるように言った。「あの扉にしっぽがはさまっていたら、今ごろひどい怪我をしていたのよ」（ボニントンは、まるでまだついているることを確かめるように、おずおずとしっぽを振ってみせた。）

「だが、ペニーケトルさん、どうするつもり……」

「片づけてちょうだい。さもないと……」そして、ルーシーについてくるように命令すると、くるりときびすを返して、大またで家に向かって歩いていった。

　ベーコンさんは助けを求めるようにデービットを見た。

「壊すのを手伝いましょうか？」下宿人は言った。

# 誕生日の思いつき

台所に戻ると、ボニントンがまるで王侯貴族のような扱いを受けていた。飲み水の器にはクリームが注がれ、お皿にはサーモンがのっていた。ルーシーが横にしゃがんで、撫でてやっている。リズは《チャンキー・チャンクス》にラップを掛けていた。

「ふう」デービットは言った。「無事でよかった」

「しっ」ルーシーが言った。「思い出させちゃだめよ。せんさくなたちなんだから。ね、ママ？」

「せ、せ、せんさい！」リズは間違いを正して、手を洗った。「そうね、ひどい目にあったんだから」

ルーシーはボニントンのしっぽに指を走らせて、とっても勇敢なネコちゃんだったわ、と言った。

「まさに英雄だ、ね？」デービットは言って、ボニントンの耳を掻いてやろうとした。

フギャアフフフフフゥ！　ボニントンがうなった。

「どうしたの！」リズが叫んだ。「この五分で、二回もあなたに向かってうなったわ」

デービットはできるだけ無邪気を装って肩をすくめた。「気が立っているんでしょう。そうだ、食事はいつごろですか？」

「一時間後よ」リズは言って、一瞬、窓辺の目を大きく見開いた龍のほうを見た。そして眉をひそめると、下宿人にけげんそうな視線を向けた。

デービットは作り笑いで答えた。「部屋におとなしく引っこんでますよ。しばらく休んでます。では、あとで。じゃあな、ボナーくん」

ためらいがちに手を振って、部屋に逃げこむと、デービットはドアを背にしてへなへなと崩れ落ちて、ほうっとため息をついた。ああ、危なかった。本当に危ないところだった。もしネコがうなるだけじゃなくて、しゃべることができたら……。

考えたってしょうがない。勉強しよう。それこそ、今やるべきことだ。ネズミ捕りのことは忘れて、〝休講〟だった講義の分を取り戻さないと。デービットは鞄の中から大学の教科書を引っぱりだすと、ベッドの上にどさっと寝ころがって、勉強を始めた。『極地で見られる穴について——消滅しつつあるオゾン層』。それから十五分ほど、デービットは見事な氷河の写真や、説明を目で追っていた。遠くのほうから、金槌の音と、木の板がバリバリと砕ける音がする。と、電話の鳴るかん高い音がした。すぐに、玄関でぶつぶつと低い声がして、玄関の扉が開いて、閉まった。それから今度は裏口が開いて、閉まった。デービットは本を脇へ放り投げた。どうしようもない。今、大学の勉強をするなんて無理だ。単語と単語がまざりあって、意味のない文章になってしまう。デービットは寝ころがって、ぼんやりといろいろなことを考えはじめた。

すると、ルーシーの誕生日のことが浮かんできた。

大雨だった先週の日曜日、ルーシーになにを買おうかこっそりリズに尋ねると、笑って、ばかね、そんなこと気にしないで、と言われたのだ。

「いや、なにかしたいんです」そのときデービットは答えた。なにもしなかったら、いやな気持ちになるのはわかっていた。

問題は……。

デービットはジーンズから財布を出して、大きく広げてみた。なにもない空間がぽっかりと口を開けていた。いきなり、想像は誕生日当日に飛んだ。お誕生日おめでとう、ルーシー。ほら、切手だよ。これしか買えなかったんだ。誰かに手紙でも送ってくれ。デービットはぱちんと財布を閉じると、机に向かってポーンと放り投げた。財布はマウスにあたって、コンピューターの画面がついた。一行おきに打った文章が並んでいる。さっきまで打っていた論文だった。

続きをしたほうがいいな、そう思ったとたん、ふっといい考えが浮かんだ。実際、ルーシーが大喜びしそうな思いつきだった。

物語を書いてあげたらどうだろう？

そんなに難しくはないんじゃないか？　リスの出てくる短いお話なら？　そう、動物の出てくる冒険物語だ。舞台と登場人物はもう揃っている。図書館の庭を駆け回る、コンカーとチェリーリーといじめっこのバーチウッド。パソコンで打って、印刷して、大学に持っていって綴じて、本物の本みたいにすればいい。デービットとガズークスからの特別のプレゼント。やってみる価値はある。

おまけにお金がかからない。

「どう思う？」デービットはぱっと起き上がってベッドに座ると、窓台からガズークスを下ろした。そして鼻づらを撫ぜてやった。「構想が必要なんだ。筋が」

デービットは考えようとして、一瞬目を閉じた。

すると、その瞬間、また起こった。ガズークスがくわえていた鉛筆を放して、この間と違う言葉を書いたのだ。

# ドングリかいじゅう

「ドングリかいじゅう?」デービットは呟いた。「どういう意味だ?」

上のほうから、穏やかなハァーという音がした。

いきなり部屋のドアが開いて、ルーシーが息を切らしながら滑りこんできた。その顔は白身魚みたいに真っ白だった。

「なんだい?」デービットはガズークスを机の上にそっと置いて、訊いた。

「来て」ルーシーはあえぎながら言った。「いるの。捕まえたのよ」

その言葉の意味を飲みこむまで、数秒かかった。「罠のこと!?　うまく行ったのか?」

ルーシーはつま先でくるくると踊った。「箱の中にいるわ。ドングリを食べてる」

デービットは飛び起きて、窓から外を見た。「もう見たのかい?　コンカーに間違いない?」

ルーシーは唇を噛んだ。「ちょっと違うの」

デービットは、とがめるようにルーシーを見た。

「目が二つあって、とびきりの笑顔の持ち主よ」

「なんだって？」下宿人の顔から色がひいた。

「スニガーなの」ルーシーは言った。「スニガーを捕まえたのよ」

# リス違い

「嘘だろ?」デービットは部屋のドアから頭を突き出して、台所のほうをこっそり盗み見た。

「本当よ。ママに言う?」

「もちろんだめだ。どこにいるんだい?」

「犬のことで人に会いにいったわ」

「へ!?」

「本当は違うのよ。わたしのプレゼントを買いに行くとき、いつもそういうの。次の週末で十一になるから」

「知ってるよ」デービットはもごもご返事をして、急いで廊下に出た。

「あら、そう」ルーシーはうしろからスキップしながら言った。「あなたも犬の飼い主に会いに行く?」

「まず先に、笑顔のリスに会いに行くんだ」

「すごいわ。そうじゃない？　スニガーが来るなんて」

デービットは台所のドアのところで立ち止まった。「スニガーじゃない。スニガーのはずがない。今ごろ、図書館の庭を走り回ってるさ」そしてぐっとドアを引っぱって開けると、外へ飛び出した。

ルーシーは立ち止まったまま、一瞬、考えこんだ。「違うと思うわ」ルーシーはまじめな顔で言った。

けれども、下宿人はもう声の聞こえないところまで行っていた。

＊

ルーシーが追いつくと、デービットはロックガーデンの岩の上に腹ばいになって、反対側にある箱を覗いていた。ルーシーがそろそろと登って横に並ぶと、静かにするように手を振って合図した。二人がそっと頭を上げると、ドングリの皮を割って、床に撒きちらす音がした。

「箱を持ってきて、よく見てみよう」デービットは言った。

デービットは立ち上がって、ロックガーデンの岩によじ登った。小石が崩れ落ちて、ぱらぱらと檻の横にあたった。ドングリの割れる音がぴたりと止まった。デービットは箱を広いところへ運び出した。中のリスはキャッキャッと大きな声で鳴くと、暗い隅っこに隠れようとした。

「なにも悪いことはしないわ」ルーシーは、デービットが箱を運んでいくあいだ、一生懸命リスに話しかけた。デービットは芝生を横切って、ルーシーのブランコのそばにあるベンチの上に箱を置いた。

「見えるところまでおびき寄せられるかやってみる」デービットはそっと屈んで、金網をひっかいた。「さがってろよ、ルース。リスは嚙みつくんだ。嚙まれたら病院へ行かなきゃならない――わああ！」いきなり下宿人は草むらにひっくり返った。

「あっ」ルーシーは、ぱっと両手で鼻と口を覆った。リスは足を広げて金網にへばりつき、見えるのは白いふわふわのお腹だけだった。

「すごい！」ルーシーは叫んだ。

「そりゃどうも」デービットは哀れっぽい声で言って、傷がないか指を調べた。

「うまくやったじゃない」ルーシーは言った。

「わざとやったんじゃない」デービットはぶっきらぼうに言った。「急に飛びついてきたから――」それから、ルーシーが自分にではなくて、リスに話しかけていることに気づいた。

「一人で来たの？」ルーシーは言っていた。ルーシーが金網に顔を近づけているので、中は見えなかった。「ベーコンさんの家の窓台にいたのはあなた？」

「ルーシー、あんまり近寄ると危ないぞ。そのリスは……」デービットの舌は凍りついた。ルーシーが振り向いたので、リスが金網にノミのような歯をひっかけて、座っているのが見えた。リスはルーシーを見て、チュッチュッと鳴いてなにか言った。それから目を細めるようにしてデービットを見ると、しっぽをピンと立て、ひげをヒクヒクさせて頭を傾げた。そして誇らしげにちんちんのポーズをとると――にっと笑った。

「信じられない」デービットはあっけにとられて言った。

「言ったでしょ」ルーシーは顔を輝かせた。

「だけど、スニガーのはずがない。どうしてスニガーがここにいるんだ？」

ルーシーはそんなことあたりまえだというように答えた。「コンカーを助けるためよ、もちろん」

デービットはルーシーをじろりと見た。「ルーシー、なに言ってるんだ？　コンカーのことを知ってるわけないだろう？」下宿人はがっかりしてため息をついた。「残念だな。おしかったよ。おいで。名誉の役をやらせてあげるから」

ルーシーはよくわからないという顔をして、うしろにさがった。

「ルーシー、このリスが誰であれ、人違いならぬリス違いなんだ。そうだろ？　捕まえておくわけにはいかないよ。逃がしてやらなきゃ」

ルーシーはぎゅっと両手を握りしめた。まだあきらめきれなかったのだ。「コンカーはどこ？」ルーシーは檻のそばにしゃがんで言った。「お願い、探してきて。とても大切なことなの」

リスはチュッチュッと鳴いて、くるっと小さく回った。

デービットはまたため息をついたけれど、邪魔はしなかった。どうせすぐに檻を開けて、〝スニガー〟を放してやるのだから。

「目がひとつしかないの」ルーシーは続けた。リスはなにかしゃべって、ぴんとしっぽを立てた。「ええ」ルーシーは言った。「ひどいでしょ。わたしたちが捕まえて、助けてあげるって伝えて」

チュッ。リスは鳴いた。

ルーシーはデービットのほうを向き直った。「きっと助けてくれるわ」

「よかった」下宿人は言った。「さあ、扉を開けて」

ルーシーは、扉を持ち上げた。

ボニントンの喉を落ちるニシンよりも早く、リスは外に出た。激しい風に舞う灰色の葉っぱのように、芝生の上をピョンピョン駆けていく。

「ベーコンさんの家に行こうとしてる!」ルーシーが叫んだ。

「いや、違う」デービットはリスから目を離さずに言った。「また、物置のほうに戻ってきた」

「違うわ。テラコッタの植木鉢のほうよ」

「いや、見て」デービットは指をさした。「テラスのところを走ってる。ほら……」

「だめ!」二人は同時に叫んだ。

リスは矢のように家の中に飛びこんだ。

# リス、家の中に入る

「はやく！」デービットは走りながら叫んだ。「なにか壊すまえに捕まえなきゃ」

ルーシーは悲鳴を上げた。「ボニントンにやられたらどうしよう！」

「それより、ボニントンがやられたらどうする？」

不思議なことに、まさにその瞬間、ボニントンはピチャピチャとお皿の水を飲んでいた。午後のお茶に夢中になっていたために、リスがいきなり台所に入ってきて、テーブルに飛び上がり、カウンターの上をピョンピョンはねて、果物の入った器のにおいをフンフンとかぎ、アイロン台を駆け下りて、あっというまに廊下に出ていったのを、見なかった。けれども数秒後にデービットが滑りこんできて、イスをひっくり返して、コーンフレークの箱の中身をぶちまけ、ネコ用トイレに足を突っこみ、《チャンキー・チャンクス》を台所の向こうまでふっとばしたときは、賢明な行動をとった。この大きな茶色のぶちネコは、そっと寝床にしている箱に入って、じっとしていたのだ。

「捕まえた？」ルーシーがドアをバタンと開けて、ハアハアしながら訊いた。

「上だ！」階段のほうから叫び声がした。

ルーシーが飛び出すと、まさにリスが手すりを駆け下りてくるところだった。「わああ」リスは電気の傘に飛びうつり、一瞬大きく揺れたあと、じゅうたんの上に落ちて、ルーシーの足の間を矢のように駆けぬけた。

「部屋よ！」ルーシーは大声で叫んだ。「あなたの部屋に行ったわ！」

デービットはルーシーの横を走りぬけて、ドアを開け放した。「間違いない？」部屋は驚くほどしんとしていた。

「あそこよ」ルーシーは小さな声で言って、本棚を指さした。

三番目の棚に、ふさふさしたしっぽを生やした侵入者が座って、ナッツ入りチョコバーをかじっていた。

デービットは空の段ボール箱に手を伸ばした。「ドアを閉めて。ぼくが捕まえる」

ルーシーは疑わしそうな顔をした。「すばしこいわよ」

下宿人は鼻の横を叩いた。「チョコレートをくすねた罰だ」デービットはそろそろと獲物に忍び寄った。

リスはこれっぽっちも動じなかった。段ボールが近づいてきたのを感じるやいなや、ぴょんと本棚から飛び下りて、まったく危なげなくアングルポイズの自在灯に飛びつき、マントルピースの上をあっというまに渡って（ついでにスペースシャトルを予定外に打ち上げ）、落ち着き払って机の上に下りた。デービットはあとを追いかけながら、何度も煙突の壁に向けて箱を下ろしたが、いつも一瞬遅れた。二回失敗し、三回目も、四回目も逃した。そして壁のへこんでいるところまで来たとき――悲劇は起こった。

「わあああ！」デービットはもんどりうって倒れ、床の上にへたりこんだ。

リスはコンピューターのマウスパッドの端っこをかじると、窓台に飛び上がったが、ガズークスの横でぴたりととまった。

「見て！」ルーシーが叫んだ。

デービットは頭から段ボール箱を引っぱがした。

リスはガズークスのにおいをフンフン嗅いでいた。すると、太陽の光のいたずらに違いない。だけど……龍がリスにウインクをした？　デービットは箱を投げ捨てた。その音にリスはビクッとして振り返った。しっぽをピンと立てて、ガズークスに向かってチュッチュッと鳴くと、ルーシーににやっと笑って、窓から飛び出した。

ルーシーはダッと窓に駆け寄ると、リスが芝生の向こうに消えるのを見送った。「コンカーのこと、忘れないでねー！」ルーシーは叫んだ。

「ウッ」デービットはうめいた。「ともかく終わってよかった」

ところが、まだ完全には終わっていなかった。

ドアのほうから、コツコツコツと足で床を叩く音がした。

デービットとルーシーは振り返った。

「さあて」リズが腕組みして言った。「どっちから説明してもらいましょうか?」

# 第二部　内なる炎

# 特別なプレゼント

「そのドアから離れなさい」リズはぶっきらぼうに言った。「これで二度目よ。もう言わせないでちょうだい」

ルーシーはジーンズのポケットに手を突っこんだ。「デービットはなにしてるの？」不満そうに鼻を鳴らしてルーシーは言った。

「音からして、コンピューターを打ってるんでしょうね」

「そうね」ルーシーは文句を言った。「それしかしてないなんて！」そしてぷりぷりして、ドンと下宿人の部屋のドアに寄りかかった。

「勉強中なのよ」そう言いながら、リズは冷蔵庫からトライフル【スポンジケーキにジャムやゼリーやクリームをそえたデザート】を取った。「それこそ本来、あなたたちがすべきことなのよ、わかってる？　ほら、テーブルを広げるから手伝ってちょうだい」

ルーシーはのろのろと台所に入った。そして母親がテーブルの折りたたまれた部分を引っぱりだしている間、端を支えていた。「テーブルクロスを取ってきて。きれいなのにしてね」リズが言った。

ルーシーは、引き出しからテーブルクロスを引っぱりだした。「あんなにひどく叱ったせいよ」

「家の中で、リスに好き放題させるわけにはいかないわ」

「ネコの寝床をひっくり返しただけじゃない」

リズはテーブルクロスを受け取って、ぱっと広げた。「罠を内緒で仕掛けて、ロックガーデンの草花を引っこ抜いたでしょ。ボニントンのことにいたっては、口に出すのもいやだわ。あれくらいですんで、ついてるのよ。もしあなたくらいの年だったら、今ごろ一週間部屋に缶詰にされてるわ」

「実際、一週間缶詰になってるわ！」

「おかげで、二人ともいたずらしていないことだけは確かね」

ルーシーはため息をついて、カウンターの上で指を行ったり来たりさせた。「デービットが罠を仕掛けていたのを、本当に知らなかったの？」ルーシーの目は母親を通り越して、電子レンジの上にちょこんと座っている、美しい龍に注がれていた。龍は貝殻のような耳と、お月さまのような目をしていた。

リズは棚をあけて、お皿を何枚か取り出した。「わたしが知っていたかどうかは関係ないわ。やったことはやったことよ。これを並べて。果物用のスプーンもね」

ルーシーはお皿を受け取って、ガン、ガンとでたらめに置いていった。ボニントンは踏み台の上に彫像のように座っていたが、お皿が置かれるたびにビクッとした。「わたしに書くって約束したお話のこと、忘れてるわ」ルーシーは不平がましく言った。「お誕生日に読んでくれるって約束したのに」

「ルーシー、デービットは二十歳よ。十歳の子どもに、ああだこうだ言われたくないと思うわ」

「十一歳」ルーシーはむっとして言い返した。「もうすぐ大人よ」

「なら、そういうふうにふるまいなさい」母親のほうが上手《うわて》だった。「もう少しがまんすることを学びなさい。なにが待ち受けているかなんて、わからないものなのよ」

そのとき、デービットの部屋のドアがギィーッと開いて、本人がはずむような足取りで台所に入ってきた。「いよいよだ」デービットは満面に笑みを浮かべて、トライフルからクリームをちょっぴりすくいとろうとした。その手をリズが木のスプーンでコツンとやった。「痛い！」下宿人は言って、ルーシーの髪をくしゃくしゃにした。「誕生日を迎えた気分はどう？」

「スプーンが足りないわ」ルーシーはよそよそしい様子で言った。「取ってくる」そして思い切りふんと鼻を鳴らすと、すっと部屋を出ていった。

リズとデービットは眉で信号を送りあった。

「凍結地帯ですね」デービットは言った。

「うーん」リズは廊下のほうをちらりと見た。「あの子、本当に見捨てられたと思ってるのよ」

デービットは思わず笑いを漏らした。「もうしばらくおとなしくしといてもらいましょう。ぼくが本当はなにをしていたか知ったら、仰天するだろうな。世界一の傑作じゃないけれど、悪くないんです――と思うんですけど」

「大喜びするわ」リズはそう言って、冷蔵庫に頭を突っこんだ。「今日中に全部書ける？早く聞きたいわ」

デービットは首を振った。「最初と、真ん中を少し書いたけど、まだ終わりは考えていないんです」そしてフルーツサラダのお皿からブドウを一粒取って、口の中に放りこんだ。「そのときになったら、ガズークスに訊いてみるつもりです。いい案が浮かんでくるんです、あなたの龍のおかげで」

「あなたの龍よ」リズは型からゼリーを出しながら言った。「彼がもたらす魔法は、ぜんぶあなたのものよ」

ミャオ。ボニントンが足踏みした。

デービットは《トラフグッド》のビスケットを投げてやった。ボニントンはビスケットを前足で台所の向こうまではじくと、床に飛び下りて夢中になって追いかけていった。

「物語を書くのは、ちょっと魔法のような感じがするんです。すっかり入りこんでしまって、なにが想像で、なにが本当にあったことなのか、わからなくなるときがある」

「なにが食器洗浄器の下に入りこんだか、とかね」リズは舌打ちして、ボニントンがピンク色の鼻を器械の下に潜りこませようとして、うまくできないでいるのを、顔をしかめて見た。

「行き先を知らないで行く旅行にちょっと似ているんです」デービットはナイフでビスケットを取ってやりながら言った。「どこかに行くことはわかってるけど、着いてみるまで、はっきりとはわからない。わかります？」

「とても文学的だわ。どうなの？　お話は、めでたしめでたし、で終わる？」

デービットは肩をすくめて、ブドウをもう一粒くすねた。「さっき言ったとおり、まだ考えていないんです。どうして？　ルーシーは傷つきやすいから？」

リズはエプロンの前で両手を拭いた。「正直言って、ルーシーのことじゃないの」

デービットは、興味深そうにリズを見た。

「わたしなの」リズの顔がじわじわと赤くなった。「ほんのちょっとしたことでもすぐ涙が出てくるのよ。去年のルーシーの誕生日に、『バンビ』を見たんだけど、最初から最後まで泣きっぱなしだったわ。ひどく恥ずかしかった」

「ママ、どのスプーン？」鋭い声が響いてきた。

「いいのは一組しかないわ！」リズは大声で怒鳴り返した。そしてエプロンを取った。「見てくるわ」リズは冷蔵庫の上の龍に投げキッスすると、ぶらりと廊下に出ていった。

デービットは振り返って、考えこんだようにボニントンを見つめた。「また同じだ、ね？」デービットは囁いた。「リズは自分のことを言ってるんじゃない。龍を傷つけるな、って言ってるんだ」

グルル。ボニントンの頭にあるのは、もう一枚ビスケットをもらうことだけだった。

デービットはクリームをたっぷりすくいとると、ボニントンの鼻になすりつけた。「規則第九十七条。決して龍を泣かせてはいけない」デービットは笑って、ネコに手をなめさせてやった。「きみんちの人たちはまったく、変ちくりんだよな」デービットは言った。

朝の機嫌の悪さもどこへやら、ルーシーは誕生日パーティを満喫した。友だちが次々やってくると、一人一人自慢げにデービットに紹介した。どうやら、とりあえずケンカも収まったようだった。

パーティはごちそうと、ゲームと、プレゼントの嵐だった。学校で隣の席に座っているクリストファー・ジェファーソンは、『トラねこマーチンねずみをかう』という本をくれて、ぼくは少なくとも百回は読んだんだ、と言った。ベヴァリー・シャードンは、うさちゃんのリュックと目の光るロブスターのおもちゃをくれた。サマンサ・ヒーリーからのプレゼントは、缶に入ったジグソーパズルと、きらきら光る絵の具の入ったぴかぴかのチューブだった。絵の具を腕や顔につけたルーシーを見て、母親はティンセルみたいね、と言った。

もちろん、デービットも忘れてはいなかった。チャリティー・ショップで《ルーシー》と書かれた帽子を見つけてきて、それで戴冠式を行った。帽子は緑のビロードのリボンに、深い青のスパンコールがついていた。同じ名前の持ち主には大きすぎて、しょっちゅう目の上にずりさがってきたけれど、本人は一日中かぶって、脱いだらと言われても決して脱ごうとしなかった。

最後に開けたのは、母親からのプレゼントだった。包みの中から小さいカメラが出てくると、ルーシーは飛び上がって喜び、リズに抱きついた。それから、ありとあらゆる写真を撮った。友だちが食べ物を溢したところとか、変な顔をしているところ、デービットがパーティの帽子をかぶってお菓子を鼻にのせているところ、カウンターの上でトライフルを平らげているボニントン、ボニントンを追い払っている母親。五時にみんながさようならを言って帰ったときには、ルーシーはこれ以上ないくらい幸せだった。

そして、下宿人がリズにウィンクをして、そっと部屋に戻っていった。

「ルーシー」合図に気づいたリズが言った。「手と顔を洗ってらっしゃい。いいわね？」

ルーシーは帽子を直すと、文句も言わずにスキップしながら二階へ上がっていった。戻ってくると、居間にデービットとリズがいて、ソファの端と端に座っていた。ルーシーはドサッとその間に腰を下ろした。すると、張り出し窓のところにイスが置いてあるのに気づいた。ソファのほうに向けてあって、風船や色紙の鎖で飾りつけてある。ルーシーは母親のほうを見た。「どうしてあのイスは飾りがついてるの？」

「さあね。見てきたら？」

ルーシーは急いで見にいった。座るところに紙が置いてある。「**語り手のイス**」ルーシーは声に出して読んだ。

デービットが立ち上がって、イスのほうへ歩きはじめた。

ルーシーの顔が喜びに輝いた。「お話をしてくれるの？」

デービットは足台にのせてあった紙束をとった。「いいや、読んであげるんだ」

リズがクッションを叩いた。「ルーシー、こっちよ」

ルーシーはタッと走っていって、クッションの上に飛びのった。デービットは語り手のイスに座った。

「これはデービットからの特別のプレゼントなの。だから第一章が終わるまで、ぜったいに邪魔しちゃだめよ」リズが言った。

「でも、本はどこ?」

「ここさ」デービットは言って、紙束を振ってみせた。「ぼくが打ったんだ」

ルーシーの口が驚きのあまりあんぐりと開いた。「物語をつくってくれたの?」

デービットはうなずいた。「まだ最初の何章かしか書いてないけどね。残りはクリスマスまで待たなきゃならなそうだな。なんていう題か知りたいかい?」

ルーシーはうっとりとうなずいた。デービットは原稿をひっくり返して、表を見せた。

スニガーとドングリかいじゅう
リスの物語
(今日《きょう》十一歳《さい》になった)ルーシー・ペニーケトルに贈《おく》る

「座って、行儀よく聞いて」リズが言った。

ルーシーは、とらねこマーティンのネズミみたいに素直に座った。けれども、こう囁かずにはいられなかった。「ドングリかいじゅうって？」

「それは今からのお楽しみさ」下宿人は言った。

そして一ページ目をめくって、読みはじめた。

# ドングリかいじゅうの正体

「第一章」

デービットは言った。「消えたドングリ」

「消えたドングリ?」ルーシーはいきなり口をはさんだ。

「ほら、ルーシー」母親が舌打ちした。

「いいです」デービットが片手を上げた。「一回で読むには多すぎるし。どちらにしろ、少しずつ読まないと」そして前に乗り出した。「これが最初の文章だよ」


　昔むかしあるところに、スニガーというリスがいました。スニガーは、スクラブレイにある美しい図書館の公園に住んでいました。願いの噴水の近くに生えているブナの木が、スニガーの家でした。

「ああ」ルーシーはため息をついて、母親に向かって微笑んだ。

デービットは続けた。

ある風の強い朝、スニガーは噴水の縁に座って、毎朝の毛づくろいに精を出していました。するとそのとき、もう一匹のリスが現れました。このリスの名前はシューターといいました……。

ルーシーは母親のほうを向いた。「ね、リスたちは図書館に行ったって言ったでしょ」

そう囁いてから、慌てて口に手をあてた。

一直線に丘を駆け上がってきたのを見れば、慌てているのがわかります。「スニガー！　スニガー！　急いできて！」シューターはハアハアしながら言いました。「チェリーリーが、ドングリかいじゅうが来たって！」

ボニントンは、警戒するようにうしろを見た。

「ドングリかいじゅうが来たって？」スニガーはくり返して、噴水の縁の上で興奮したようにくるくる回りました。

「オークのそばの空き地に来たんだ！」シューターはあえぎながら言いました。「ぼくたちのドングリを全部取っちゃたんだ！」

ルーシーは唇を噛んで、クッションを握りしめた。そして、膝の間にぎゅっと押しこんだ。

「昔はクレッセントにもドングリが落ちてたわ」リズが言った。「オークが伐り倒される前は、毎年秋になると道路中にドングリが何百個と落ちていてね。ベーコンさんがいつもカンカンに怒ってた。朝、仕事に行くときに、タイヤの下で粉々に砕けるのよ。そのせいで、莫大な修理代がかかるとか言って」

「ママ」ルーシーは怒って言った。「ベーコンさんのことなんて、どうだっていいわ。スニガーがどうしたのか知りたいのよ」

スニガーはシューターと空き地まで走っていきました。

デービットは続けた。

ところが運悪く、バーチウッドに出くわしてしまったのです。「気をつけやがれ！」バーチウッドは歯をむきました。「ひげを引っこ抜いて、池に放り投げてやるぞ！」

「おれがいるところでは、そうはさせないぞ」という声がしました。

「誰？」ルーシーは勢いよく立ち上がったので、帽子で顔が見えなくなった。

「リングテイルさ」デービットが言った。

リングテイルはスニガーの親友でした。リングテイルはスニガーを守ろうと、前に立ちはだかりました。「しっぽとひげ」と言うまもなく、リングテイルとバーチウッドはケンカをはじめました。うなり声を上げながらごろごろ転がって、ひっかいたり噛んだりしながら、互いに相手をドングリどろぼうだとののしりました。ちょうどチェリーリーがやってきてよかったのです。そうでなければ、どちらかがひどい怪我をしていたでしょう。

「やめて！」チェリーリーは叫びました。「わたしは見たの。昨日の夜、空き地に恐ろしい真っ黒の怪物がいたの。落ち葉の中をひっかき回して、見つけたドングリをぜんぶ拾ってってたわ」

「あのカラスだわ」ルーシーが言った。

「カラスって?」リズが不思議そうに聞き返した。

「デービットがシカモアの木にいたのを見たのよ」

ボニントンが興味津々で耳をピクッとさせた。

「カラスよりも大きいものだ」デービットは気味の悪い声で言った。そして次のページをめくった。「それで、落ちたドングリの実がどうしてなくなったかを知ったリングテイルは、早速ドングリかいじゅうの見張り隊を結成した。リスたちは全員交替でイチイの木に隠れて、日が暮れて夜になるまで見張りを続けたんだ。ドングリかいじゅうがまたやってきたとき、見張りをしていたのは、誰だと思う?」

「スニガー」

「そのとおり。スニガーは、ずいぶん長いこと木の上に座っていた。すると突然、道の向こうからなにかがドスンドスンと歩いてきたんだ」デービットは声を低くして、囁き声で読みはじめた。

スニガーの体は氷のように冷たくなりました。耳をぴんと立てて、かいじゅうがどちらの方向に向かっているか、一心に聞きました。最初、かいじゅうは足を引きずるように小道を歩いてきました。落ち葉をけり散らかしています。それから土手を、小枝をぱきぱき折って、木の根につまずきながら、滑り下りました。そして、奇妙なバタバタという音を立てながら、ぎこちない足取りで空き地に入ってきました。にわかに凍りつくような風がうなり声を上げながら吹き抜けました……。

「はあ！」ルーシーが小さな悲鳴を上げげた。そして目を覆うと、足をばたばたさせた。ボニントンはさっとテレビのうしろに隠れ、リズは片方の眉を上げげた。デービットは身を乗り出した。

イチイの木の枝がさっと割れました。そしてとうとう、スニガーはかいじゅうを見たのです。巨大な黒い体といい、地面に這いつくばっている様子といい、チェリーの言っていたとおりでした。スニガーは恐怖に魅入られたように、かいじゅうが落ち葉をより分けて、ドングリを探しているのを見ていました。そして勇敢にも外に向かって伸びている枝をそろそろと這っていって、もっと近くから見ようとしました。そのとき突然、ドングリかいじゅうがすっくと立ち上がったのです！　スニガーはいっきにイチイの木のてっぺんまで駆け登りました。そして恐ろしさのあまり、息を切らしながらそこにじっとしていました。けれども、すぐに恐怖は怒りに変わりました。というのも、勇気を出してかいじゅうを見たことで、その正体がわかったのです。ドングリかいじゅうはただの……人間でした。

ルーシーは驚いてあんぐりと口を開けた。「あなたなのね！」ルーシーは叫んで、思わず立ち上がった。「あの大きな変なにおいの黒いコートを着てたんだ！　ママ、デービットはどろぼうよ。図書館から、罠に仕掛けるドングリを取ってきたの。公園のドングリを盗んだのよ。だからスニガーはうちの庭に来たのね。ドングリの実がどこに行ったのか、探しに来たのよ！」

「まあ、デービット」リズがにやっとして言った。「本当？」

デービットは認めた。「第二章にぜんぶ書いてあります。すべて告白しましたよ。スニガーが間違えて罠にかかってしまったところまで、ぜんぶね」

「今ごろ、図書館に戻って仲間たちに話してるわ」ルーシーは顔をしかめてみせた。「バーチウッドがやってきて、足に噛みつくかもよ」

「さあ、どうかな」デービットはページをめくった。

「待って！」ルーシーが大声で叫んだ。

「今度はなに？」母親がため息をついた。

「龍たちがいないわ」

リズは目をぐるぐるさせた。「ガウェインとグウェンドレンを連れてきていいわ。だけど、急ぐのよ。じゃないと、始められないから」

「ガズークスも来てもいい？」

「ぼくの部屋の窓台にいる」そう言って、デービットはルーシーの目を見つめた。

ルーシーはさっと向きを変えて、ドアのほうに駆け出した。「それにお手洗いにも行きたいの」

「まったく」リズが舌を鳴らした。

ルーシーは廊下へ駆け出していった。そしてすぐに、ガズークスを持って戻ってきた。

ルーシーは特別な龍をコーヒーテーブルの上に置くと、目の上にずり落ちた帽子を押し上げ、また急いで走り出ていった。

一瞬、間を置いて、リズが口を開いた。「もううちを一歩も出られないわよ。永遠に鎖でコンピューターに繋がれて、娘のためにリスの物語を書くはめになるわ」

「あなたのせいですよ、彼をくれたから」デービットは言った。

リズは愛情のこもった目で、ちらっと鉛筆を嚙んでいる龍を見た。「ああ、彼はずっとあなたのところにいたのよ。わたしはただ形を与えただけ」

デービットが答える前に、ルーシーの声が階段の上から響いてきた。「デービット！来て！　早く！」

「まったく、今度はいったいどうしたのかしら」リズはため息をついた。

答えは小さなガシャンという音と、それに続く家中を揺るがすようなかん高い悲鳴だった。

ボニントンの目が不安で大きく見開かれた。

「ルーシー？」リズが息を飲んで、ドアのほうを見た。

デービットは、瞬く間に階段を駆け上がった。

ルーシーはお手洗いでしゃがみこんで、泣いていた。

壊れた龍のかけらを拾いながら。

デービットは手を口にあてて、へなへなと座りこんだ。「なんてことだ」デービットは大きく息を吸いこんだ。「ガウェインだね？」

そしてなぐさめるようにルーシーの肩に手を置いた。ドアがバンと開いて、リズが飛びこんできた。なにが起こったかを見て、はっと息を飲んだ瞬間、部屋からすっと暖かさがひいたように感じた。

ルーシーは母親の腕の中に飛びこんだ。「デービットに話そうとしたら、マットにつまずいて転んじゃったの。ごめんなさい、ママ！」

「だい…じょうぶ」リズはつかえながら言って、ごくりとつばを飲みこんだ。そして懸命にルーシーの髪を撫ぜた。その手が震えていることに、デービットは気づいた。

「どうしてぼくを呼んだの？」デービットは静かな声で訊いた。

ルーシーは窓のほうに腕を伸ばした。「ベーコンさんが殺そうとしてるの」

デービットは顔をしかめて立ち上がった。そして、開いている窓のほうを向いて、外を覗いた。

ベーコンさんの刈り揃えられた緑の芝生の上で、奇妙な対決がくりひろげられていた。ベーコンさんが踊り回って、ホースで水を撒いている。標的になっているのは、小さな灰色のリスだった。ベーコンさんの周りを矢のように駆け回って、すさまじい勢いで発射される水から逃れようとしている。けれども、安全な木の上に駆け登るかわりに、おびえてぐるぐる同じところを回っていた。

ぐるぐる回り続けている。
まるで方向感覚を失ってしまったように。
まるで片方の目がまったく見えないかのように。

# ベーコンさんの庭で

「コンカーだ！」デービットはせっぱつまったようにリズを見た。

「ベーコンさんの庭の水を飲みに来たのよ」ルーシーがしゃくり上げた。「ベーコンさんがそれを見て、かんかんになって怒鳴って、物を投げはじめたの」

「しいっ」リズは呟いて、ルーシーをやさしく揺すった。

「すぐ戻る」デービットは言うと、ちらりとガウェインを見た。それからすばやくルーシーの頭を撫でると、ボニントンを飛び越えて、ドタドタと下に下りていった。

それからすぐに、デービットはベーコンさんの家の門を叩いていた。「ベーコンさん！デービットです！　入れてください！」

庭のほうから、不安をかきたてる叫び声がした。「よし！」

デービットは顔をゆがめて、掛け金をガチャガチャ鳴らした。門はしっかり鍵が掛けられていた。上にはバラが茂っていて、乗り越えることもできない。残された方法は、ただひとつだった。「すみません、ベーコンさん」デービットは自分に向かって呟くと、大またで十歩さがった。「ゆっくりと挨拶してる場合じゃないんです……」そして足を踏ん張ると、大きく深呼吸して、ダッと前へ走り出した。

あと一メートルというとき、ベーコンさんがかんぬきを外して、門を開けた。デービットはそのまま肩から先に門を通り抜けて、バーベキューセットに突っこみ、テラスの階段につまずいて、水をたっぷり含んだ芝生をお腹でシャーッと滑った。

「いったいなにやってんだ?」ベーコンさんは吼《ほ》えるように言った。

デービットは痛みで顔をしかめながら、さっと庭を見回した。コンカーは忽然と消えてしまったようだった。「あなたがリスを追いかけているのを見たので。どこです?」

「しっ!」ベーコンさんは手を上げて静かにするように合図した。それから、鉢植えを置いた納屋に向かって耳をそばだてた。「やつらはあそこに隠れてるんだ」

「やつら?」デービットは膝をさすりながら訊いた。「一匹じゃないんですか?」

ベーコンさんは答えなかった。小さな手押し車のほうにそっと忍び寄ると、音を立てずに柄の長い熊手を取った。そしていきなり納屋の扉をバタンと開けると、突撃するみたいに中に躍りこんだ。「イヤアアアアア!」ベーコンさんは絶叫して、熊手をぐさりと突き刺した。ドスッと音がして、ビヨーンとなにかが跳ねて、もうもうと埃が舞い上がった。けれどもリスらしきものが飛び出してくる気配はない。納屋の中にはいなかったのか……。

あるいはベーコンさんがまんまと仕留めたか、どちらかだった。

デービットはひょこひょこしながら、できるだけ急いで納屋のほうへ行った。そして、熊手が堆肥の袋に深々と突き刺さっているのを見て、ほっとした。ベーコンさんは手足を投げ出して、尻もちをついていた。棚からプラスティックの植木鉢が落ちてきて、ベーコンさんの頭にコーンとぶつかった。

ベーコンさんはものすごい剣幕で怒鳴りちらした。そしてさっと立ち上がると、ドシドシと庭に出ていった。

「油断のならない悪党め。どこかに隠れているはずだ」

デービットはそっとごみバケツのうしろを覗きこんだ。けれども、濡れた落ち葉とワラジムシとポテトチップスの袋しかなかった。「どっちへ行ったんです？」

「おまえさんが門を叩いている間に見失ったんだ」ベーコンさんはぶつぶつ言った。「どこにいるかわからん。害獣め」

「なにがそんなに気に入らないんです？」デービットはかっとしながら言った。「リスはかわいい動物だと思っている人がほとんどなんですよ」

ベーコンさんの目がぴくぴくと引きつった。「木ネズミどもは庭を掘り返すんだ。モグラの穴よりもたちが悪い。永久におさらばできると思ってたのに」

デービットは怪しんで眉を寄せた。「おさらばできるってどういう意味です？」

「オークさ」ベーコンさんは囁くように言って、芝刈り機の脇にあるスイッチをパチンと入れた。そしてエンジンのコードをぐいと引っぱった。エンジンはブルブルと音を立てたが、そのまま止まってしまった。「クレッセントに立ってた、恐ろしく巨大なやつだ。お偉方の友人がいてな。すぐにやってくれたよ。業務用のチェーンソーだ、小枝一本残さずね」

デービットは冷たいものが背筋を駆け抜けるのを感じた。「あなたが木を伐らせたんですか？」

「役所がだ」ベーコンさんはふんと鼻を鳴らした。

デービットはかっと頭に血がのぼって、ふらふらとさがった。「あなたがコンカーの家を奪ったんだ」デービットはぼそっと言った。

「コンカー？」ベーコンさんは早口で聞き返した。「なにくだらんことを言ってるんだ？」そしてもう一度、芝刈り機のコードを引っぱろうと、手を伸ばしたが、デービットはばんとエンジンの上に足を乗せて、やめさせた。

「ベーコンさん」デービットはひどく低い声で言った。「コンカーの目に怪我をさせたのはあなたですか？」

「酔ってるのか？」ベーコンさんは無作法に言った。「わたしが警察を呼ぶ前に、その足をどけるんだな」そしてデービットを押しのけると、芝刈り機のコードを引っぱった。ようやくエンジンは爆音を立てて、動きはじめた。そして、もうひとつ動いたものがあった。「わああっ！」ベーコンさんが鋭く叫び、ほっそりした灰色のものがごみバケツから飛び出して、パチンコ玉みたいに彼の足の間を駆け抜けた。

「ぼくが捕まえる！」デービットは叫んで、勢いよく飛び出した。が、ホースに引っかかって、転んだ拍子にベーコンさんのつま先を思い切り踏みつけた。

「あう！」ベーコンさんは叫んで、そこいら中をピョンピョン跳びはねて、芝刈り機にぶつかった。

カチリという不気味な音が響いた。芝刈り機はぶるんと震え――動き出した。そして無人のまま、芝生の上を動きはじめた。

「大変だ！」デービットは息を飲んだ。「池のほうに向かってる！」

だが、そんなことはたいしたことではなかった。芝刈り機が五メートルも進まないうちに、ごみバケツの中から二匹目のリスが姿を現した。リスはすばやくエンジンの覆いによじ登ると、灰色の小さな海賊のようにその上に立った。遠くからでも、リスの片方の目がかたく閉じているのが見えた。

コンカーは、どうしたらいいのかわからずにしっぽをピンと立てて、ちょろちょろと左へ行き、次に右へ行き、それからぐるりと回った。おびえているか、飛び下りられずにまごついているか、どちらかだった。

その間も、芝刈り機はバスンバスンと音を立てながら進み続け、みるみるうちに池が近づいてきた。

「芝刈り機を止めてくれ！」ベーコンさんががなりたてた。

デービットはぱっと立ち上がった。「間に合わない」けれども、恐ろしい事態になるのを覚悟した瞬間、ひどく不思議なことが起こった。驚いたことに、最初のリスが隠れていた場所から飛び出してきて、暴走している芝刈り機めがけて走り出したのだ。そしてぴょんとひと跳びで芝刈り機の上に乗ると、エンジンの覆いからコンカーを突き落とした。コンカーは芝生の上に転がり落ちると、なんとか立ち上がって、慌てて姿を消した。その間も、芝刈り機は進み続けた。薄く砂利の敷いてある坂を、恐ろしい音を立てて小石を跳ね上げながら、くだっていく。そしてボチャンという音がして、妙なブクブクという音が続いた。芝刈り機は大きく傾いて、プスプスという音を立てて止まった。一筋の煙がくねくねと立ちのぼった。ベーコンさんはネコが鳴くような声を出した。

助けたほうのリスが池のほとりの岩の上にぱっと姿を現したのを見て、デービットはほっとした。

　ベーコンさんがリスの頭めがけてゴム長靴を投げた。長靴は外れて、小人の置物に当たった。

「手を出さないで」デービットは鋭く言うと、そっとリスのほうへ歩きはじめた。ドングリかいじゅうが歩いてくるのを見ると、リスはビクッとして小さな石のアナグマの背に飛び乗った。

　デービットはなにもしないという証拠に両手を挙げた。「大丈夫だ、悪いことはしないよ」

「今のうちに、くわで叩き殺せ！」ベーコンさんが言った。

「しっ！」デービットは怒って言った。「怖がって逃げてしまう」そして小さなリスの目をまっすぐ覗きこんだ。リスは座って、せいいっぱい笑顔を見せた。「スニガー」デービットは、ルーシーのお気に入りの動物に話しかける戦術を真似て、囁いた。「コンカーをドングリの箱につれてきてくれ。それしか、コンカーを助ける方法はないんだ」

「助けが必要なのは、おまえさんのほうだ」ベーコンさんが鼻を鳴らした。

「ベーコンさん、お願いですから――」デービットが「黙れ」と言いかけたとき、スニガーがふいにチッチッと警戒の声を上げて、猛スピードで庭の奥へ逃げていった。

「クソ。逃がした」ベーコンさんが言った。

デービットは面食らってうしろにさがった。「なにかにおびえたんだ」そしてうしろを振り返った。「なにか……」

隣の庭との間にある垣根の杭に、巨大な黒いカラスがとまっていた。肩をまるめて身じろぎひとつせず、小さく鋭い目でじっと人間たちを見つめている。

デービットは口がかすかに渇くのを感じた。ベーコンさんですら、少し警戒したようだった。「手出しをしないほうがいい。いやな感じだな」

デービットは不安げにうなずいた。そして、そろそろと体を起こした。その動きを、カラスはじっと目で追った。鋭い爪がぐっと杭に食い込んだ。

デービットは一歩脇にずれた。ただの空想だろうか？　それともぼくを睨んで、威圧している？　デービットはブルッと震えた。気がつくと、龍のことを考えていた。火を噴く戦士が現れることを半ば期待して。もちろん、そのとき思い浮かべたのはガズークスの姿だった。すると特別な龍は、急いでなにかをノートに走り書きした。

カラタクス

デービットは風に向かってその名を囁いた。すると、カラスは不満そうに鋭い叫び声を上げ、翼を広げて、空に舞い上がった。そして、デービットの頭の上をさあっと越えると、カアカアとぞっとするような声で鳴きながら、ぐんぐん登ってシカモアの木のほうへ体を傾けた。そのときデービットははじめて、いちばん上の枝に抱かれるように大きなカラスの巣があることに気づいた。前にリスが巣を作っていた軒先の穴からそんなに離れていない。カラスは自分が王だということを知らしめるように、もう一度つんざくような声でカアと鳴いた。デービットはうなずいた。ふたつが結びついたのだ。

「おまえだったんだな」デービットは、巣に降りたって翼をたたんだ鳥に向かって囁きかけた。「カラスのカラタクス。コンカーの目に怪我をさせたのはおまえだったんだ……」

リズの庭に戻ってきたときには、霧雨がしとしとと降りはじめていた。デービットは急いで門を閉めると、歯をカチカチ鳴らしながら、慌ててテラスに上がった。台所の窓の横を通ると、ミャオと哀れっぽい声がしたので立ちどまった。ボニントンが庭のベンチの上で、光ファイバーのクリスマスツリーみたいにきらきら光っていた。前足をお腹の下にしまいこみ、毛の先に雨粒を霧のようにつけている。その横に、スニガーを放してやった日以来、放りっぱなしのウサギの檻が転がっていた。

デービットはボニントンのほうへ行って、耳をげんこつでコツンとやった。「雨が降ってるのに、どうしてこんなところに座ってるんだい？」

ボニントンは起き上がって、檻の角に頬をこすりつけた。デービットは池のそばで自分が言ったことを思い出して、決意も新たにじっくりと檻を調べた。なんとかこの中にコンカーが入ってくれれば、まだ救ってやれる可能性はある。デービットは台所の中を覗いてみた。リズの姿はなかった。ルーシーもいない。「行こう」デービットはやさしくボニントンに囁いて、震える腕で檻を抱えこむと、ロックガーデンに持っていって、もう一度仕掛けなおした。

ドングリの道を調べてから、デービットはうまくいくよう願いつつネコに指令を出した。

「見張りの役をたのむよ、ボナーズ。シカモアの木に大きなカラスが住んでいる。もし庭で見かけたら、追い払うんだ。怪我はさせるなよ。ただ追っ払うだけでいい。いいね？」

ボニントンは平らな岩に前足を柱のように立てて、平然と座っていたが、耳をピンとそばだてた。

「よし。見張りらしく見えるぞ。じゃあ、ルーシーの様子を見に行くか」

そう言って、デービットは家に入っていった。ボニントンもとことことついてきた。台所を抜けて玄関に行くと、郵便受けがガチャッと鳴って、小さな白い封筒がひらひらとマットの上に舞い落ちた。デービットは拾い上げた。表に怪我をしたキツネの写真がのっている。裏にはこう書いてあった。

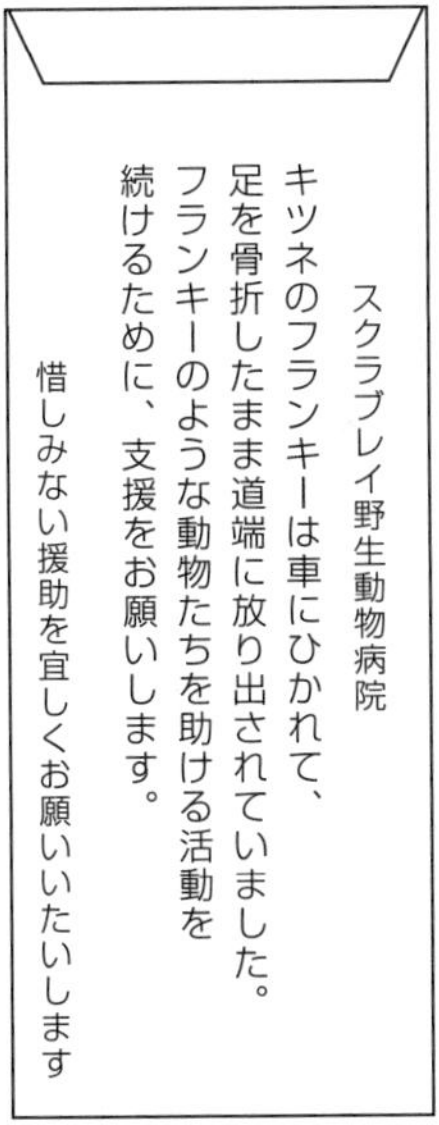

スクラブレイ野生動物病院
キツネのフランキーは車にひかれて、
足を骨折したまま道端に放り出されていました。
フランキーのような動物たちを助ける活動を
続けるために、支援をお願いします。
惜しみない援助を宜しくお願いいたしします

デービットは、リズのために封筒を玄関の棚の上に置いておいた。

ルーシーと母親は龍のほら穴にいるのだろうと思い、デービットはコンカーのことを報告するために階段を上がりはじめた。家はいつになく静かだった。幽霊でも出そうな奇妙な雰囲気がただよい、まるですべての時間が凍りついてしまったようだ。デービットはガウェインのことを思い出し、アトリエのドアを見た。閉まっている。磨き上げた真鍮《しんちゅう》のドアノブに、札がぶらさげてあった。

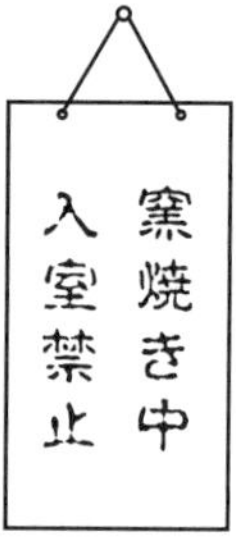


窯焼き中。その言葉は、デービットの頭の中で疑問符の形になった。といっても、言葉の意味自体はわかっていた。窯というのは、陶芸家の使うオーブンだ。龍を作るときは、焼成のためにオーブンに入れるはずだ。そうすると、粘土が固まって、釉薬が定着する。でも、この間この部屋に入ったとき、ひとつだけないものがあった。オーブンだ。窯がないとしたら、いったいリズはどうやって龍を焼成するんだろう？
キツネにつままれたような気がして、デービットは片方の耳をドアに押しつけてみた。

ドアの板を通して、かすかなハアーという音が響いてきた。またあの音だ。家中で聞こえる。下宿人は背を伸ばして、唇をこすった。この家ではなにかとても奇妙なことが起こっている。そしてその謎の答えは、この部屋の中に隠されているのだ。けれども、なにも言わずに、いきなり押し入るわけにはいかない。リズは微妙な修理をしている最中かもしれない。掲示を無視したら、火のように怒るだろう。

そこでデービットは、片手を上げて、ドアをノックしようとした。と、そのときボニントンが足にまとわりついて、ごみバケツの蓋がガタガタいうほど大きな声でミャオオオオと鳴いた。

「ボニーだわ」声がした。リズだ。ルーシーの部屋だった。

つまり、アトリエは誰もいないということだ。

誘惑にかられて、デービットはドアに近づいた。札がさがっていようがいまいが、中に入るぞ。デービットは急いでノブに手を掛けた。そしてすぐに後悔した。

ノブが焼けるように熱かったのだ。

痛さのあまり悲鳴を上げそうになるのを必死でこらえて、手をパタパタさせながらくるりと向きを変えたとたん、今度はうしろにあった階段の柱にぶつかった。

「いったいあのネコはなにやってるのかしら?」

床板のきしむ音がして、軽い足音が聞こえた。デービットは急いで階段の角のところまで下りると、さっと踊り場の下に頭をさげた。するとルーシーの部屋のドアがギィーと開いたので、慌てて屈みこんだ。

「入ってらっしゃい」リズの声だった。

ボニントンは、踊り場をそっと歩いていった。

「デービットはいるの?」ルーシーの声が響いた。

デービットは両手を握って祈った。もしリズが手すりから覗いたら……。

「いないみたい」リズは言って、またルーシーの部屋に戻っていった。今度は、ドアは少し開いていた。

「ああ、コンカーがどうしたか知りたいの」

「デービットが守ってくれるわ」リズは言った。「さあ、お誕生日の主役は寝る時間よ。眠ってちょうだい。わたしはガウェインを見てくるから」

ルーシーが悲しそうに鼻をすすった。「ママなら直せるわよね? 恐ろしいことなんて起こらないわよね?」

ベッドのスプリングがきしむ音がした。リズがベッドに座ったのだろう。

「ルーシー。彼の火はいつもあなたの中にあるの。あなたが彼を愛しているなら、消えるわけないでしょう?」

ルーシーはもう一度鼻をすすって、チンとかんだ。「炎の涙の話をして、お願い」

なんの涙だって?　デービットはちらりと見晴らし窓の龍たちを見やった。夢を見たのだろうか?　耳をピクッと動かしたように見えたけど?

「ルーシー、もうよく知ってるじゃないの」

「今日はわたしの誕生日よ、ママ」

一瞬、間があいたので、デービットは姿勢を楽にした。するとリズが言った。「わかったわ。だけど、ちょっとだけよ。そしたら、必ず寝ると約束して」

「約束する」

「いいわ。じゃあ、目を閉じて。やり方はわかってるでしょう」

「昔を夢見るの」

「ずっと昔よ」リズは言った。「特別な人たちが生きていたころ。龍たちが地上を歩き回っていた時代」

デービットは本能的に目を閉じた。たちまち、有史以前らしい光景が浮かんできた。からからの埃っぽい平原、岩がごろごろして、草もまばらだ。露出した岩の間を川が流れ、動物の鳴き声が溢れて、白けた空から太陽が照りつけている。

その光景に、リズが人物を登場させた。

山の洞窟に一人の少女が住んでいました。少女は、流れるような赤い髪と、薄い緑色の目をしていました。

「グウィネヴィアね。見えたわ、ママ」

デービットもうなずいた。かすかに光るローブに身を包んだ、はだしの少女がすぐに浮かんできたのだ。

グウィネヴィアは水浴びをしに川にやってきました。そのときです。頂上に雪を抱いた山のほうから、うなり声が聞こえてきたのです。

「ガウェイン」ルーシーの声には、苦しそうな響きがあった。

彼は、一番高い山の頂に座っていました。

リズは続けた。
デービットは、霧に囲まれたガウェインを見た。雪に深々と突きささるかぎ爪を、龍にがっしりとつかまれて割れた大岩が転がっていくさまを、思い浮かべた。
「なんてりっぱなの」ルーシーは言った。

堂々とした姿でした。

リズは言った。

天空の王は、神の創られた驚異でした。しかし、その気高い心にも、まぬがれえぬ死への悲しみが、かすかに宿っていたのです。なぜなら、ガウェインは彼の種族の最後の生き残りでした。世界最後の龍だったのです。

「だけど、死にはしないわ。本当の意味で死ぬことはない」ルーシーは早口で言いはじめた。「グウィネヴィアに出会って……」
「しぃっ」リズはなだめるような声で言った。「ゆっくりと思い浮かべてごらんなさい。

ガウェインが先のとがった翼を広げて、ゆうゆうと輪を描きながら洞窟のほう降りていく様子を」

「逃げていくわ！」ルーシーは叫んだ。「人間たちが逃げていく！」

デービットは、人間たちが子どもを集めて、洞窟の中へ避難させているのを見た。

「ガウェインには、人間たちを傷つける気などありませんでした。

リズが言った。

「とどろく声は自分のため、まだこの山々に龍たちが溢れていた、過ぎさりし日を思い出しているのでした。しかし、そうです。人間たちは彼を恐れていました。炎の息は岩をもこがし、打ち下ろされる翼の奏でる音楽は木々をたわませました。ガウェインが降りたった場所には、その足があけた大きなクレーターができました。

「見える」ルーシーが言った。

デービットは大きく息を吸いこんだ。龍の足音が、胸の肋骨を揺るがすのが感じられるようだった。

しかし、グウィネヴィアは逃げませんでした。ガウェインが水を飲もうと屈んだときも、そこにいて、ガウェインの紫の目をまっすぐ覗きこみました。龍の鼻からひと筋の煙が立ちのぼりました。喉の奥で炎が燃えたのです。ハアー！

「ハアー！」ルーシーも言った。

「いてッ！」その迫力に驚いて、デービットは壁に頭をぶつけた。

「ガウェインはグウィネヴィアに腹を立てたのよ、グウィネヴィアが怖がらなかったから」ルーシーが言った。

「それもそう」リズが言った。

けれども、同時に興味を惹かれてもいました。そして、グウィネヴィアの勇気を試してやろうと決めました。おまえなど黒焦げにして世界の反対側へ吹き飛ばしてやる、とおどしました。けれども、グウィネヴィアは少しも恐れませんでした。ガウェインに歩み寄り、こう言ったのです……。

「なんて?」

「歌を歌ってもいいかって!」ルーシーは叫んだ。

するとと突然、あたりに歌声が満ち満ちた。歌詞もなく、ハミングできるような調べもない、けれど、穏やかかな子守唄だった。低いうなるような声と、鳥のさえずりを思わせる震え声、そしてハアーという音……。

歌が波のように押し寄せ、デービットは奇妙な眠気に襲われた。雪を頂いた山々の光景が薄れていく。偉大なるガウェインが頭を垂れ……そして眠った。

ところが、歌ははじまったときと同じようにあっというまに終わり、やさしいキスの音がした。「ぐっすりおやすみなさい。明日ね」

床板がギィときしんだ。

リズだ。リズが出てくる!

デービットは頭を振って目を覚ますと、さっと頭をさげた。するとすぐに、リズが部屋から出てきた。ボニントンを連れて、足早に踊り場のほうにやってくる。「だめよ、デービットのところへ行ってらっしゃい」リズはボニントンを龍のほら穴に入れなかった。

デービットが運にまかせて頭を上げると、まさにリズがドアのノブに手を伸ばそうとしていた。危ない、と叫ぼうとしたけれど、言葉が喉の奥に詰まって出てこなかった。でも、それでよかったのだ。

リズは飛び上がるどころか、顔色ひとつ変えなかった。くるっとノブをひねって、部屋の中に姿を消した。やわらかなハアーという音がリズを迎えた。

## ガウェインを探して

「どういうことなんだ?」デービットは台所を歩き回りながら、両腕を大きく広げた。「いいか、きみのほうが長くここに住んでるんだ。あの龍たちは本物なのかい? それともなんなんだ?」

ボニントンはテーブルの脇のイスに座って、さっと通り過ぎていった下宿人を目で追った。

「それに、きみの飼い主だけど——何者なんだ? 彼女は〝守り手〟かなにかなのかい? 自分で話していた〝特別な〟人たちってわけか? 彼女はふつうじゃない。それは確かだ。ふつうの人間なら、オーブン手袋みたいな手でなきゃ、あのドアノブには触れないはずだ。ぼくは、一生消えない傷を負うところだったんだ」

ボニントンは龍のようなあくびで答えた。まるで魔法のように、焦げくさいにおいが立ちこめた。デービットはガス台に突進して、フライパンを火から下ろした。まったく。また黒焦げトーストだ。デービットは豆のほうをちらりと見て、様子を確認した。鍋の中でオレンジ色の火山ができている。次の瞬間、聞きなれないボコッという音とともに噴火して、両側の棚に溶岩が飛び散った。デービットは目を閉じた。やはり自分で食事を作ろうだなんて、ばかだった。けれども、リズがアトリエに閉じこもってから、もう数時間が過ぎていた。これを食べるか、ゼリーの残りを食べるか、《トラフグッド》のキャットフードを奪うか、飢え死にするかだった。

「どうせ、医学的なことだとか言うんだ。テニス肘とか、家政婦膝みたいな職業病の一種だって」デービットは木のスプーンをひっつかんで、鍋の底にくっついていない豆をかきまぜた。「陶芸家掌、ってところだろうな。リズはいつもうまく言い抜けるんだ」

ボニントンは賛成だというように、耳をくるりと回した。

「なんだって、それで終わっちゃうんだ」デービットは言って、トーストにバターを塗りたくると、その上に豆をどっさりのせた。「『ガウェインの炎はいつもルーシーの中にある』っていったいどういうことだ？　どうして目が紫なんだ？　リズはかならず緑に塗っているのに。それに『炎の涙』っていうのは？　いったいぜんたいなんなんだ？　涙のかわりに火花を散らすわけじゃないだろ？　だから龍たちを泣かせるなっていうのか？　家が火事になると困るから？」

グルル。ボニントンは鳴いて、デービットの持っているトーストから滴り落ちているバターを前足ですくおうとした。

「だめだ」下宿人がぱっと手を引っこめた拍子に、豆がテーブルの上にばらまかれた。最低だ。デービットはトーストを置くと、ふきんを取った。そして振り向くと、ボニントンがお皿を舐めていた。

デービットはため息をついた。今日はついていない日なんだ。「わかったよ」デービットは負けを認めた。「そんなに欲しいなら、やるよ」そして、ボニントンの鼻先からひょいと皿を取ると、《ネコ用》の印のついた器に中身をぜんぶあけた。ボニントンはテーブルから飛び下りて、豆のにおいを嗅いだ。そしてぷいと歩いていってしまった。

「やれやれ」デービットは言った。「寝るとするか」

ゴロロロロ。ボニントンは鳴いて、布団のほうへ走っていった。


その夜は、なかなか眠くならなかった。どんなにウィンストンをぎゅっと抱きしめても、頭の中でサッカーをしても、ヒツジを数えても、眠ることはできそうになかった。さらに悪いことに、目を閉じるたびに、リズの物語を語る声が頭の中に響き渡るのだ。

――見えた？　デービット？

その言葉は太鼓の音のように鳴り響いた。

——思い浮かべて……。

頭から離れない歌のように。

——夢見て……。

そのリズムはデービットを圧倒した。まぶたが重くなり、頭がぼんやりしはじめた。

そして、もちろん、夢が訪れた。奇妙な夢が。それは龍の夢だった。

夢は、アトリエの前の踊り場から始まった。

デービットはパジャマの上に厚地のコートを着て、頭にポットの保温カバーをかぶり、両手にオーブン手袋をはめ、ポケットに黒焦げになったトーストを入れている。

(だって、夢なのだから)

アトリエのドアは閉まっていて、入室禁止と書かれた札がまださがっている。今回はデービットも用心した。ぴかぴかのノブに触らないように注意してしゃがむと、鍵穴を覗いた。

すると、龍が覗き返した。

涙を浮かべた、巨大な紫色の目だった。でも、陶器ではない。本物だった。

「やあ」デービットは夢ごこちで龍に挨拶した。

龍は目をぱちくりさせた。うろこで覆われた緑色の耳がぴんと立って、くるりと回った。この龍の名前を知っているはずだという気がしたけれど、夢の中では思い出すことができなかった。

「ガウェインはいる?」

龍は鼻からシュウウと煙を吹いた。そして目をぎょろぎょろさせると、横を見た。それから、こくんとうなずいた。

「中に入って、具合を見ていいかな?」

龍の口の端がめくれ上がった。目に不安げな表情を浮かべて、龍はゆっくりと首を横に振った。

デービットはオーブン手袋をはめた手を合わせた。「きみは番人なのかい?」

龍は誇らしげに高い震え声で鳴くと、足をバタバタさせた。また鼻から煙が立ちのぼった。

「お願いだよ。少し覗かせてくれるだけでいいんだ」デービットは言った。「そうしたら、このトーストをあげるからさ」

デービットはポケットからパンを取り出した。番人の龍の目が、まるで花火のように輝いた。トースト、それもカリカリに焦げているのを見て、すっかり心惹かれたようだ。デービットはにっこり笑った。そして、夢とはいえかなり変だけれど、トーストを小さく折りたたんで、鍵穴から中へ押しこんだ。トーストは龍の足元へ落ち、龍はうつむいて見た。デービットは手袋をはめた手をドアノブに伸ばした。

カサカサと音がした。番人の龍がうろこをこわばらせたのだ。だまされたと思ったようだった。

ベッドの中でデービットはそわそわと体を動かした。夢の中のデービットは、思い切ってドアを開けてみようと決意した。

「どうなってるか、知りたいだけなんだ」デービットは囁いて、前と同じようにドアノブをつかんだ。

番人の龍の口から炎が吹き出した。

「ウワアアアア！」デービットは悲鳴を上げて、ぱっと起き上がった。

すっかり目を覚まして、手をパタパタと振った。

ベッドの中だった。

足元の毛布の中で丸くなっていたボニントンがうるさそうにブクブクと音を立てると、また眠った。

「ごめんよ」デービットは呟くように言った。「龍の夢だったんだ、ボナーズ」

ボニントンはネコらしくあくびをした。そして頭をもたげると、だいだい色の目でじっと窓の外を眺めた。

デービットは、窓の外から龍が覗いていたらどうしようと思い、一緒に外を見た。それから、そうではなくて、龍は窓の内側から外を見ているはずだ、ということを思い出した。ガズークス？　窓台の上にいない。

デービットはガウンをはおると、ふらふらと居間に下りていった。ガズークスは、テーブルの、ルーシーが置いたところにいた。デービットはガズークスを両手で持ち上げて、囁いた。「きみは特別な龍なんだろ？」ガズークスは静かに鉛筆のうしろを噛んでいた。デービットは龍のうろこを爪ではじいてみた。カチンカチンという音が、居間に響いた。間違いない。どう見たって陶器だ。「頭がどうかしそうだ」下宿人は呟いた。「番人の龍。特別な人間たち、ハアーという音」そしてにっこりして、ガズークスの鼻づらをやさしく叩いた。「きみはきれいだ。だけど、本物なんてことありえないよな。さあ、窓台の席に戻ろう」

そして、デービットはガズークスを部屋に持っていった。けれど、窓台に置いたとき、龍の目がきらりと小さく光ったのには、気づかなかった。なんの光だとしてもおかしくなかった。机の読書灯の光が反射したのかもしれないし、クレッセントを照らす月の影がちらついたのかもしれない。そうでなければ、もし心底龍たちの存在を信じているとすれば、内で燃えている炎がかすかに輝いたのかもしれなかった。

# 恐ろしい病気

次の朝、リズは部屋まできて、デービットを揺り起こさなければならなかった。

「ほら、お寝坊さん。起床！　さっきから十分も、ドアを叩いてるのよ。今日は、大学はないの？」

デービットは目をしょぼしょぼさせて開いた。ガウンのまま布団の上に寝ていて、胸の上でボニントンが野営していた。

「何時？」

「八時よ。どうして布団の上に寝てるの？」

「寝られなかったんです」下宿人はもごもごと言うと、ネコを押しやった。そして体を起こすと、ブルッと震えた。「夢を見て……」いや、なんの夢を見たかは、言わないほうがいいだろう。

リズはさっと窓のほうへ行って、カーテンを開けた。「昨日はごめんなさい。ないがしろにするつもりはなかったのだけど、ルーシーと一緒にいてやらなきゃならなかったの。

ガウェインとも。洗濯機に洗濯物を放りこんだら、朝ごはんを作るわ」そしてコーヒーのしみのついたTシャツを拾い上げると、顔をしかめて腕に掛けた。「遅くまで勉強していたの？」リズはコンピューターをコツコツと叩いた。カラフルな魚が画面をすばやく行ったり来たりしていた。

デービットはあくびをして、髪をクシャクシャとすると、ボニントンに朝のシャワーならぬフケの雨を降らせた。「スニガーの物語を、もう一章書いたんです。すごく時間がかかった。糖蜜の中でキーボードを叩いているみたいに」

「あなたのファンが喜ぶことだけは確かよ」リズは言って、ウィンストンの頭からボクサーショーツを引き抜いた。「今朝、ルーシーの様子を見に行ったら、もう六章まで読んでいたもの」

「マーマー！」

階段の上から、哀れっぽい声が降ってきた。

「小さな龍のおでましよ」リズはのしのしと部屋を横切って、ドアを大きく開け放した。

「なに？」

「もう下におりてもいいでしょ？」

「だめよ。ベッドに戻りなさい」

踊り場でドンと足を踏み鳴らす音が聞こえた。

「どうしたんです?」デービットが尋ねた。

リズはしわくちゃになったセーターのにおいを嗅いで、すぐに汚れ物の中に加えた。

「ひどい病気になっちゃったのよ。喉が痛くて、肌がチクチクするの。心配するようなものじゃないわ。ペニーケトル家ではしょっちゅうある症状だから。ガウェインを割ってしまったことで、ショックを受けているだけよ。二、三日でよくなるわ」

デービットはうなずいた。ガウェインのことも訊いたほうがいいだろうか? いいだろう。でも、やっぱり訊かないほうがいいかもしれない。「朝ごはんのあとで覗いてみますよ」

「いいえ、やめたほうがいいわ」

「大丈夫です」デービットは言った。「おおよそ、この世にある子どもの病気はすべてやりましたから。それに、コンカーのことを言わないとカンカンに怒りそうだし」

「でしょうね。でも、今はあの子に休んで欲しいの。今夜、大学から帰ってきたら、会ってやってちょうだい。それで、コンカーはまだ大丈夫なのね」

デービットはガウンのベルトを締めると、うなずいた。「スニガーと、ヘンリーの庭に逃げたんです。あの、昨日の夜、もう一度罠を仕掛けたんです。訊いてからと思ったけど、いなかったから……いいですよね？」

　リズはデービットをちらりと横目で見た。洗濯物からソックスがひとつ落ちた。ボニントンはそのにおいを嗅いで、気を失いかけた。「万が一、うまくコンカーが捕まったら、どうするか考えているの？」

「いいえ。獣医に連れていくんじゃないかな」

「玄関の棚に置いてあった手紙は？　あの野生動物保護の人たちは助けてくれないかしら？」

　デービットはキツネのフランキーの写真を思い浮かべた。コンカーを病院に？

「そうですね」デービットは肩をすくめた。

「寄付金を取りに来たときに、相談できるかもしれないわ」

「でも、先にコンカーを捕まえないと」

「なにか役に立つことを教えてくれるかもしれない」

「罠はちゃんとうまく行くんです」デービットは、ちょっとむっとしたように言った。「あとは、なんとかうまくコンカーを誘い入れるだけです。スニガーは捕まえたんですから」

　リズは片方の眉を上げた。

「一度リスが入ったところなら、ほかのリスも入りやすい――と思うんです」

「なら、見に行ってみたら?」リズは言った。

デービットは朝ごはんを食べ終わるとすぐに、罠を見に行った。カタツムリが一匹ドングリの上を這った跡があり、落ち葉が箱の上に積もっていたけれど、リスが来たことを示すものはなにもなかった。さらに悪いことに、また雨が降りはじめた。

がっかりしてデービットが家へ戻ろうとすると、洗面所の窓が開いた。「ちょっと、デービット! ここよ、上!」

デービットはテラスで立ち止まって、上を見た。「ルーシー、ベッドに戻らなくちゃ。具合が悪いんだろ?」

「ただの〝龍〟ぼうそうよ」ルーシーはガラガラ声で言った。そして舌を突き出すと、しゃがれ声でハアーァァァとやってみせた。「ママは言ってなかった?」

「そうは言ってなかったな」デービットは呟いて、鼻の上の雨粒をふっと吹き飛ばした。龍ぼうそうだって? またペニーケトル家の冗談だ。まったく。

「コンカーはどうした?」

「スニガーと逃げたよ。それでね……」

「しっ！」ルーシーは静かにするよう手を上げた。「電話だ！　ママがおしゃべりしている間に、二階に来て教えて！」

「いいかい、ルーシー。ぼくは大学へ行かなくちゃいけない。だいたい、きみのママにだめだって言われてんだ」

「ばれやしないわ」ルーシーは懸命にたのんだ。「スクラブレイ・マーケットの人が、龍がいくつついるかってことで電話を掛けてくるのよ。いつも延々としゃべってるから、大丈夫。お願い。退屈なの。五分でいいから」

デービットはため息をついて、腕時計を見た。「わかった。五分だぞ」

「やった！」ルーシーはしゃがれ声で言うと、バタンと窓を閉めた。

ルーシーはテディベア柄のパジャマ姿で、踊り場で待ち受けていた。そしていそいそとデービットを部屋へ招き入れた。「教えて。コンカーはどうなったの？」

デービットはベッドの端にドサッと腰を下ろすと、ベーコンさんの庭であったことを手短に話した。ルーシーは芝刈り機のことを聞いて大笑いしたけれど、カラタクスの話になると真っ青になった。

「あのカラス？」ルーシーは息を飲んだ。「あの怖い？」

デービットはうなずいた。「二匹はカラタクスを怖がってた。コンカーは前にカラタクスに襲われたんじゃないかと思うんだ。それで目を怪我したんじゃないかな。あてずっぽうだけど、カラタクスはリスに卵を盗まれたのかもしれない」

ルーシーの目が細くなった。「リスはそんなことしないわ」

「するんだよ、ルース。食べ物がなくて困っていたらね。ドングリはないんだ。オークが伐り倒されたんだから」

「だけど、コンカーはいいリスよ」

「わかってる」デービットはなだめるような口調で言った。「物語の中では、巣を襲った犯人はわからないようになってる。コンカーは、ただ運悪くカラタクスの復讐の的になってしまっただけなんだ」そしてコートの中に手を入れると、プリントアウトした原稿を取り出した。「大学へ行っているあいだ、読んでいていいよ。ただし、本当のことじゃないからね。それは忘れないで。ただの……推測なんだから」

ルーシーは原稿を受け取ると、興奮してさっと目を通した。「読んで」ルーシーは原稿を差し出した。

「ルース、時間がないんだ」

「ねえ、お願い！　グラッフェンとグウェンドレンも聞きたがってるから」

デービットは思わず机の向こうへ目を向けた。いつもガウェインがいる場所に、別の龍がグウェンドレンと並んで座っていた。横のメスの龍よりも小さくて、まるで飛び立とうとするように翼を掲げている。カーテンを閉めて、机の上の電気をつけているせいで、暗くてよく見えなかったけれど、デービットはその名前に聞き覚えがあった。

「グラッフェン？　聞いたことがあったっけ？」

「いつもアトリエのドアの横にいるのよ」

ドアか。デービットは思った。そして、鍵穴と、焼けつくような炎のことを思い出した。

「目は紫じゃなかった？」

ルーシーはふっと目をそらした。「緑よ」囁くように言うと、「お話を読んで」と言った。

デービットは時計を見た。どちらにしろ、授業には間に合わない。

「わかった。コンカーがどうして目を怪我したか、スニガーに話しているところを読んであげるよ。ちょうど芝刈り機から逃げて、隠れ場所に逃げこんだところだ。コンカーはこう言ったんだ」

「そのとき、ぼくは屋根の巣に戻ろうとしていた。そこをカラタクスに見られたんだ。なにがなんだかわからないうちに、もう襲われていた。あの太いくちばしで、頭をつつかれたんだ。やつは羽をバタバタさせながら、怒りくるってぼくに向かってどろぼうとか人殺しってわめいてた。やつのかぎ爪がぼくの背中に食い込んだ。ぼくは体をひねってやつの足に食いついた。やつは足の指を一本、なくしたはずだ」

「足の指？」スニガーは聞き返した。

「食いちぎってやったんだ」コンカーはごくりとつばを飲みこんだ。

「うえ！」ルーシーが言った。

デービットはページをめくった。

「ぼくが嚙みつくと、やつは悲鳴を上げて飛んでいった。ぼくはできるだけ早く枝を駆け下りたんだけど、目がかすんで、見えないんだ。すると、カラタクスが戻ってくる音が聞こえた。やつは急降下してきて、ぼくはバランスを失った。そのまま枝から落ちて、次に気がついたときはなにもかもが真っ暗だった。起きてみると、地面の上にいた。怪我をしたほうの目はまったく見えない。シカモアの木に登ろうとしたんだけど、すぐにめまいがして落ちちゃうんだ。もう二度と自分の巣を見ることはないんだ、と思った」

「ひどいわ！」ルーシーは叫んだ。「カラタクスなんて大嫌い！」

「落ちついて」デービットはルーシーの手首をつかんだ。「ただのお話なんだ。喉がもっと痛くなるよ」

「ただのお話なんかじゃないわ！」ルーシーは強い口調で言った。「どこに隠れてるの？」

「隠れてる？」デービットは言って、ルーシーの手を離した。そして指を曲げてみた。手が……チクチクする。

「コンカーは隠れ場所にいるって言ったじゃない！　どこ？」

デービットはこめかみをこすった。間違いない。チクチクする。「ああ、コンカーたちは、がらくたの山の中のじょうろに隠れてるんだ。ベーコンさんの物置の脇の」

「見てきて」ルーシーは言った。「今すぐ、見てきて」

けれども、それどころではなかった。デービットはじっと手を見つめた。「なんだ、これ？」デービットは弾かれたように立ち上がった。肌がうろこみたいに……緑色に見える！　「うわあ！」デービットは金切り声で叫んだ。

「病気になった！　助けてくれ！　龍ぼうそうになったぁ！」

# スランプ

「これで、行くなと言われたところに行くとどうなるか、わかったでしょう?」声がした。

リズが腕組みをして、ドアのところに立っていた。

「うわっ」ルーシーは慌てて布団の下に滑りこんだ。

「ルーシーは休まないといけないって言わなかったかしら、デービット?」

「ええ。すみません。ただ……リズ、助けて。うろこだらけになっちゃったんです」デービットはリズに見てもらおうと、両手を差し出した。

リズはぞんざいにさっと見ただけだった。

「見せて」ルーシーが起き上がった。

「あなたはそこにいなさい」リズが叱った。「今から話があります。デービットが好きでここに来たわけじゃないことくらい、わかってますから」

ルーシーは大きな舌打ちをして、また縮こまった。

「医者を呼びましょう!」デービットは大きく息を吸いこんだ。

ぼくは龍になるってことですか！」

「医者は役に立たないの」

デービットは恐怖で目をしばたいた。「つまり…ふつうの人は治らないってこと？　ぼくは龍になるってことですか！」

「なんのことを言っているの？」ルーシーが言って、鼻にしわを寄せた。

「これよ」リズはため息をついて、指を舐め、デービットの手のひらをこすった。すると〝うろこ〟はすぐに取れた。リズは部屋の電気をつけると、それをデービットに見せた。

「光る絵の具ね！」ルーシーは自分の腕を見ながら言った。「それを龍のうろこだと思ったんだ！」ルーシーはのけぞって、大笑いした。

「誰かさんは大学に行く時間よ」リズが言った。

デービットのおでこのしわは、しかめ面のしわに変わった。

「だめよ、デービットはコンカーを探しに行くの！」ルーシーは咳きこんだ。そのとたん、雷が鳴って、窓ガラスがガタガタと揺れた。

「長靴がいるようね」リズが言った。

デービットは眉をひそめて、カーテンを開けた。

雨が屋根を激しく叩いていた。

雨はごみバケツを激しく叩き、樋から溢れ出した。そして窓に打ちつけ、下水溝にどんどん流れこんだ。デービットは台所の窓からその様子を眺めていた。こんな土砂降りのなか、大学に行くなんて問題外だし、コンカーを探すのも無理だ。デービットは大きな足音を響かせて部屋に戻ると、閉じこもった。

昼過ぎになってようやく、デービットは部屋から姿を現した。リズは台所でサラダを作っていた。下宿人はドスドスと入ってきて、冷蔵庫の扉をグイと開けた。そして、ジュースのパックをがぶ飲みすると、乱暴に戻して、バン！　と扉を閉めた。

「気のせい？」リズはレタスについた水滴を振り落としながら言った。「それとも、あなたの雰囲気を感じとっているのかしら？」

「この天気のせいですよ」デービットはぶつぶつ言って、イスに沈みこんだ。「なにもできやしない」

リズは窓から外を眺めた。雨はまだ激しく降っていた。「雨でも、大学の宿題はできるでしょ」

「もうやりました」デービットはむっつりして言った。「実際、気象前線のことだったたし」

「なら、物語の続きを書けばいいわ。いつも楽しそうに書いてるじゃない」

「やってみました。だけど、なにも浮かんでこないんです。昨日の夜もそうだったけど、まだましだった。作家のスランプってやつかも」

「なるほど」リズはニンジンをすりおろしながら、呟いた。「まずは龍ぼうそう。お次は作家のスランプね」

「だけど、先週は信じられないくらいすらすらと行ったんだ。なにが悪いのかわからない。これからいいところなのに。スニガーがコンカーをドングリの箱に連れていくところなんです。だけど、書こうとすると、そう……行き詰まっちゃうんです。なにひとつ浮かばない」

リズは眉にかかっているがんこな巻き毛をふっと吹いた。「ガズークスは手伝ってくれないの？」

「フウ！　ぼくを見捨てたんだ」

「なに言ってるの。特別な龍はぜったいそんなことしないわ」

「じゃあ、どうしてガズークスの鉛筆が折れたんです？」

リズは、どういうこと？　というようにデービットを見た。

「昨日の夜、行き詰まって、目を閉じてガズークスが書いているところを想像したんです。ガズークスは鉛筆を噛んで噛んで、とうとう先っぽを折っちゃったんです！　今も、もう一度やってみたんですけど、今度はノートを放り出して、パッと緑の煙になって消えたんだ!」リズは舌を鳴らした。「ひどいことになってるわね。どんな怒らせるようなことをしたの？」

「なにも」質問自体がばかげているというように、デービットは答えた。

リズは顔をしかめて、首を振った。「ともかく、龍が機嫌を損ねているままにしとくわけにはいかないわ。なにか手を打たないと」

「本棚に追放してやった」デービットはぼそっと言った。

玄関でベルが鳴った。

リズはタオルを取って、手を拭いた。「なるほどね。でもそれはだめよ。罰を与えるのじゃだめ。彼はあの窓が好きなの。暗い隅っこに閉じこめられるのは嫌いなのよ」

「リズ、彼は陶器だ」デービットは舌打ちした。「本棚と窓辺の違いなんてわからない」

リズが気色ばむのがわかった。「そんなふうに考えているんだったら、助けてもらえないのも当然だわ」そしてエプロンを取ると、玄関に出ていった。

デービットは両手に顔をうずめた。この家はおかしいんだ。ぼくは、龍ぼうそうにかかったり、陶器が庭の景色を楽しんでいると本気で考えている人間たちと暮らしてるんだ。いったいこんなところでなにしてるんだろう？

「ええ」玄関からリズの声がした。「どうぞお入りください。びしょ濡れだわ」

「ありがとうございます」女の人の声が答えた。

デービットはすっと手を下ろした。そしてイスの背に寄りかかって、玄関を覗いた。自分と同じ年くらいの女の人が、ココナッツの玄関マットで足を拭いている。キャラメル色のももまで隠れる上着は、雨でしみになっているし、濃い緑のタイトスカートはびしょ濡れで気持ち悪そうだ。なんとか閉じようと奮闘している傘から、水がぽとぽととじゅうたんに垂れていた。女の人はくしゃみをして頭を上げた拍子に、デービットを見た。そして真っ赤になって、ちらっと笑いかけた。デービットも無理やり笑顔を作った。

「ひどい天気のときに回収することになっちゃったわね」リズはそう言いながら、野生動物病院の封筒を開いた。そして財布の中を探した。「デービット、細かいのを持ってる？」

デービットは立ち上がると、ゆっくりと玄関に出ていった。お客は片方の腰に体重を掛け、膝をもう片方の膝に交差させていた。デービットは、コートに安全ピンで留めてある身分証明のバッジをちらりと見た。《ソフィー・プレンティス。野生動物保護活動ボランティア》デービットは顔を上げて、今度はしっかり相手を見た。背が高く痩せていて、赤みがかった金髪が、平凡だけれども魅力的な顔を縁取っている。目に、見るものすべてがわずかに焦点がずれているような、静かな好奇心が宿っていた。ソフィーはたよりなげな咳をすると、さっと頭を振った。はっきりした濃い眉についた雨粒がきらりと光った。

デービットは小銭を探してポケットをまさぐった。

「さすが」リズはそう言ってデービットの手を傾けたので、小銭は一枚残らず封筒の中に落ちた。

「リズ!?　これはぼくの全……」

「彼はとても気前がいいの」リズは言いながら封筒の蓋を閉めた。「特に機嫌のいいときはね」そして、ソフィーに封筒を手渡した。

「どうもありがとうございます。本当にご親切だわ」ソフィーは、はにかみながらお礼を言うと、封筒をビニール袋の中に入れた。

デービットはあきらめてため息をつくと、両手をポケットに突っこんだ。

「とてもいい活動ですね」リズが言った。

「そうなんです」デービットの多額の寄付が正しいことを伝える機会ができたのを喜んで、ソフィーは言った。「わたしたちは病院でたくさんの動物たちの手当てをしています。アナグマや小鳥や――」

「リスも?」しゃがれた声がした。「リスの面倒も見てくれる?」

ルーシーが階段の途中に座っていた。

「ええ」ソフィーはルーシーに向かってにっこりした。「野生動物ならどんな動物でも」

「うちの庭に怪我をしているリスがいるんです」リズが説明した。

ソフィーの灰色の目が、興味を惹かれてきらりと光った。

ルーシーはドンドンと階段を下りてくると、母親の横に立った。「名前はコンカーって言って、目がよく見えないの。捕まえて、図書館の庭に放そうと思ってるの」

「え？」デービットにとっても初耳だった。

ソフィーは慎重に考えてから言った。「そのリスの目が悪いなら、わたしたちのところに連れてきてちょうだい。うちの獣医の先生がぜんぶ無料で診てくれるわ。パンフレットを差し上げましょうか？」

ルーシーはどうしようかなというように肩をすくめた。

ソフィーはポケットを探って、折りたたんであるパンフレットとペンを引っぱりだした。「電話番号はここに載っているわ。わたしの携帯の番号も書いておくわね。時間外に連絡を取りたいときのために」そして電話番号を書くと、パンフレットを差し出した。

ルーシーが手を伸ばして取ろうとすると、リズが横からさっと取って、デービットに渡した。「ありがとう。とても助かるわ」

ソフィーははにかんだようにうなずくと、ドアのほうへじりじりとさがった。雨はしとしとと地面を濡らしていた。「では、お邪魔いたしました。遠慮なく電話してください。ご寄付をどうもありがとう」ソフィーはデービットのほうを見た。デービットはパンフレットに目を落とした。「さようなら」ソフィーは囁くように言うと、上着の襟を立てた。

リズが玄関を閉めようとしたとき、デービットはだしぬけに言った。「知能は高いんですか？　その、リスのことです」

ソフィーは石段の上で立ち止まった。「うーん」ソフィーは言って、ゆっくりとうなずいた。「要領はいいわ。いろいろな障害を乗り越えるのがうまいんです」

「無駄だと思いますか？　捕まえようとしても？」

ソフィーは頭を傾げた。イルカの形をしたイヤリングが上着の襟にこすれた。「いいえ」ソフィーはまるで囁くような小声で言った。「そのリスのことが心配だから、やっているのでしょう？」

しんとなった。ルーシーが唇を噛んだ。

「なにかあったら、電話してください」ソフィーはもう一度言うと、今度こそパッとこうもり傘を開いて出ていった。

「いい人だわ」リズが玄関を閉めると、ルーシーは言った。

「そうね」リズも言った。「気取らない人だわ。笑顔もすてきだし。そう思わない、デービット？」

「面白い眉毛をしてる」デービットは言った。

「ぼうっとなってるんだわ」ルーシーは鼻を鳴らした。「パンフレットを見せて」

リズはルーシーを階段のほうへ連れ戻した。「だめよ。デービットが先に見るの。野生動物病院の人と会えたんだから、いろいろ訊きたいことが出てくるに違いないわ。さあて、いらっしゃい、お嬢さん。ベッドに戻って。横になってなきゃいけないはずなのよ」

ルーシーは舌打ちして、足音を響かせて階段を上がっていった。

デービットが行こうとすると、リズがうしろからトンと肩を叩いた。「仲直りしなさい、デービット」

「誰と？」

「あなたの龍よ。もちろん。彼の炎を消したくないなら、愛してやらないとだめ。それは覚えてるでしょ？」

デービットは顔をしかめて、部屋に逃げこんだ。

そしてまっすぐ本棚へ行くと、ガズークスの横にしゃがみこんだ。「わかったよ、悪かった。愛してるよ、本当に」そして龍の鼻づらにハアーッと息を吹きかけて、こすった。

「そうら。毎日こうはいかないよ。さあ、休みは終わりだ」デービットは手を伸ばして、ガズークスを棚から下ろすと、窓台にそっと戻した。

もう一度、庭を見下ろせるように。

# 「室、入禁止」

次の日は、雨もがまんできる程度の霧雨になり、デービットは大学へ行った——でも、特にやることがあるというわけではなかった。友だちとサッカー・バーにいって、教務課から論文を返してもらい、更新世とかいう時代の地球の冷却化に関する講義を聴いた。プラスティシン時代の雪合戦のことだったかもしれない。どちらにしろ、地理学に集中できる状態ではなかった。

スニガーとドングリかいじゅうのことで頭はいっぱいだったのだ。

前の日とは対照的に、その日、デービットの頭はアイディアで渦巻いていた。そんな状態だったので、午後になるとカメラ同好会をさぼって、まさに飛ぶように家へ帰った。

急いでコートをフックに掛けると部屋に飛びこんで、コンピューターを立ち上げ、すぐに《スニガー》のファイルを開いた。《第八章》と、デービットは打った。《コンカー、見つかる》そうだ、これだ。創作の興奮が湧き上がり、再びアイディアが溢れ出すのを感じた。それに……ドン！　膝にぶちネコの重みも感じた。

「今はだめだ、ボニー」デービットは下手投げでひょいとネコをベッドの上に放り投げた。「邪魔するな」デービットが忠告したとき、リズの叫び声が聞こえた。

「ルーシー、台所へ来てくれる?」

ルーシー? もう元気になったんだな? ぜったいに邪魔されるわけにいかないぞ。デービットはオレンジ色のフェルトペンをひっつかむと、大きな紙に急いでメッセージを書いて、こっそり部屋のドアの外に貼った。

するとすぐに、ルーシーが下りてくる足音が聞こえた。足音は、デービットの部屋の前でぴたりと止まった。「ママ」声が聞こえた。「室入禁止、ってどういう意味だと思う?」

さらに足音がして、リズも廊下にいることがわかった。「今、自分の部屋に他人が飛びこんでこられると困ると思っている人物が、慌てて書いた注意書きでしょうね。たとえ、その他人が礼儀正しくノックしたとしてもね」

「だけど、雨はやんでるわ。つまり、その人物はリスを探しに行けるってことよ」

「いいえ」リズの声は、リズが台所へ向かうにつれ、かすかになった。「ある人物が、母親が洗濯物を干すのを手伝えるということです」

「ああ、龍ぼうそうが急に悪くなってきた」

「ルーシー、くだらない嘘はやめなさい。洗濯バサミを持ってきて」

ルーシーの声が「アア」といううめき声とともに、小さくなっていった。

デービットは「やった」とばかりにこぶしを握りしめると、イスをくるっと回してコンピューターと向かい合った。

すぐに最初の段落が打ち終わった。


ついにじょうろを叩いていた雨がやんだ。スニガーはパッと目を覚まして、光の来るほうへそっと歩いていった。そして穴からひげを突き出した。外は、温かく湿った空気のにおいが満ち満ちていた。スズメたちがさえずり、木々が風に揺れてさらさら音を立てている。クモが一匹、懸命にじょうろの取っ手と口の間に巣をはっていた。スニガーは不安な気持ちで深呼吸した。とうとうそのときが来たのだ。ドングリの箱へ危険な旅をするときが。そしてくるりと体の向きを変えると、じょうろの中に戻って、コンカーをそっと起こした。


「さあ、いよいよだ」デービットはガズークスに向かって言った。

ガズークスは静かに、庭でリズとルーシーが洗濯物を干しているのを眺めていた。

デービットの指は、キーボードの上を飛ぶように行き来した。一行ごとに、一文字ごとに、二匹のリスたちはペニーケトル家の庭に近づいてくる……。

スニガーは庭の垣根のほうへ向かった。そしてすぐに、下のほうに穴が開いている板を見つけ、コンカーが追いつくのをそわそわしながら待った。片目のリスは進むのがひどく遅かった。痩せこけた灰色の体は、すっかり弱って、地面を引きずるようにようやく歩いてくる。やっとスニガーの横に来ると、倒れかけた。

「ぼくにかまわず行ってくれ」コンカーは今にも消え入りそうな声で言った。「お願いだ。行ってよ。カラタクスが来たら、きみまで危険にさらされることになる」

その名前を聞いたとたん、スニガーは体中の毛が逆立つのを感じた。けれども、どこか体の深いところから、勇気が湧き上がってきた。「いいや。一緒に行くんだ」

そしてコンカーの頭をそっと押して、先に穴を通した。

「物干しの支柱を持ってきて」

デービットは手を止めて、庭を眺めた。リズが、真っ赤なウールのセーターを干している。ロープは洗濯物でほとんどいっぱいだった。ルーシーが支柱を持ってきて、洋服がまるで旗のようにずらりと掲げられた。あれを見たら、リスはなんだと思うだろう。そう思いながら、デービットはまたキーボードに向かった。

「あれはなんだ？」コンカーのあとから穴を抜けると、スニガーは訊いた。

コンカーはいいほうの目で上を見た。ロープに干した洗濯物が風にはためいていた。「さあね」コンカーは肩をすくめた。「とうさんはあの綱の上を走ることができたって、昔かあさんが言ってた。あそこの真ん中にある、木の棒みたいなのに登って、ボニントンから逃げたんだって。ボニントンも追いかけてきたけど、すぐに落ちたんだ」

スニガーはやる気満々になってしっぽをピンと立てた。あの綱に登ってみるのも悪くないぞ。でも、コンカーが安全なところに行くまで、ゲームはお預けだ。スニガーは目を細めてシカモアの木を見ると、カラスの姿を探した。シカモアの枝が風に揺れている。そこに、カラタクスの姿はなかった。

「どっちだい？」コンカーが尋ねた。

スニガーは庭の反対側の、岩が積み重なっているところへ視線を向けた。あの岩の向こうに、食べ物と安全な場所がある。あそこまで行きさえすれば、コンカーは安全なのだ。この芝生を渡りさえすれば……。

「うーん」デービットは呟いて、眉をしかめて寄りかかった。そして、マウスパッドをトントンと叩いた。昼間に芝生を横切るのは危ない。目の鋭いカラスに簡単に見つかってしまうだろう。芝生の端を回っていくほうがいいんじゃないか？　もっと葉の多い草の陰に隠れながら？　でも、リズの庭は細長い。一気に横切ってしまったほうがいいかもしれない。急に襲われる危険はあるけれど。デービットは決めかねて、ガズークスに相談した。

龍は鉛筆を削って尖らせたようだった。ガズークスがノートになにか書きつける姿が、ぱっと浮かんできた。予想外の言葉だった。

ボニントン

デービットは肩越しにちらりとネコのほうを見た。

ボニントンは身じろぎもしないで窓のほうを見ていた。耳がぴくぴくっと動き、赤みを帯びただいだい色の目が驚いたように大きく見開かれた。

「どうした？」デービットは言って、ボニントンを撫でようと手を伸ばした。

ボニントンは身をくねらせて逃げると、ベッドから飛び下り、ドアに突進して、ドア枠をがりがりとひっかきはじめた。

デービットは眉をひそめた。おかしい。どうしてガズークスは、なんの関係もないときに、ボニントンの名前を持ち出したんだろう？　デービットは続きを打ちはじめた。

「芝生を横切ろう」スニガーが言った。

コンカーのひげがひくひくと動いた。コンカーは、長く伸びた芝生を眺めた。

「まず、鳥の餌台までいこう」スニガーはさらに言った。「陰に隠れて、きみの準備ができるのを待つ」

ミャオオオオオオゥ。ボニントンが悲しげに鳴いた。ボニントンは塗装されたドアをひっかいた。デービットは一瞬、びくっとしたけれど、また打ち続けた。

スニガーは芝生の端に飛びのった。空は青く、雲がふわふわと浮かんでいた。スニガーは煙突の通風管や、木のてっぺんや、雨樋や、垣根の杭など、鳥がとまっていそうな場所をすべて調べた。カラタクスの姿はどこにも見あたらなかった。スニガーはそろそろと歩きはじめた。

庭のどこからか、ルーシーの叫ぶ声が聞こえた。「ママ！　早く！　あれを見て！」

「まあ、本当に、まさか……」

デービットは手をとめて、窓から外を見た。ルーシーと母親の姿は見えなかった。声の聞こえる方向からすると、どこか台所の近くにいるのだろう。二人がなにを見つけたのかはわからなかったけれど、デービットは肩をすくめて、物語の続きを打ちはじめた。


スニガーは花壇のほうを振り返った。

「だめ。行っちゃうわ」ルーシーがおろおろと言った。

「万が一、やつが来たら、ぼくがおびき出してやる」スニガーが言った。

「だめだ！」コンカーは叫んだ。「やられるに決まってる！」

スニガーは物干し綱のほうを見やった。「あの綱の上を走る」

「だめだよ！」コンカーは恐怖のあまりキィキィと鳴いた。

「やつは最初ぼくを追いかけるはずだ。その隙にきみは逃げるんだ。岩を探せばいい。草むらにドングリが落ちてる。そこからはにおいを辿っていけばいいんだ」

「危険すぎる」コンカーは反対した。

だが、スニガーはすでに、芝生の真ん中にある鳥の餌台のほうへ歩きはじめていた。

庭からルーシーが手を叩く音が聞こえた。「ほら、ママ！　見て！　言ったでしょ！　わたしの言ったとおりだわ！」

「すぐにデービットを連れてらっしゃい」リズが言うのが聞こえた。

「ああ、今はかんべんしてくれ」デービットはうめいた。「いちばん大事なところにさしかかってるってときに……」

アアアアアアアアア！

悲鳴が火災警報器のように響き渡った。

デービットは慌てて立ち上がったので、イスがひっくり返って床に倒れた。デービットは窓のほうを見た。リズの顔が窓枠いっぱいに覗いていた。「急いで！」リズは手招きして、窓ガラスを叩いた。

デービットはさっと振り返った。ドアのところでは、ボニントンがまるでネコのギャングが攻め入ってきたかのように、フギャアフギャアと騒いでいる。と、いきなりルーシーが部屋に飛びこんできた。息が荒くて、しゃべれないほどだった。

ボニントンはその横を矢のようにすり抜けて、廊下へ出た。

「いったいどうしたんだ?」デービットは尋ねた。

「いるのよ」ルーシーはハアハアしながら、なんとかそれだけ言った。

「誰が?」

「カラタクス!」

デービットの肩が凍りついた。

「芝生の上にスニガーがいるのを見つけたの! 襲おうとしてるのよ!」

デービットはしゃべろうとして、口をパクパクさせた。「だけど、そんなことありえない。今ちょうど書いていた……」

「早く!」ルーシーは叫んだ。「殺されちゃうわ!」

そして、げんこつを振り回しながら走って出ていった。

デービットは一瞬呆然として、体が動かなくなった。コンピューターを見て、それからガズークスを見た。

「わかってたんだ」デービットは言った。「ぼくに教えてくれようとしたんだな」

それからパッと振り向くと、急いでルーシーのあとを追いかけた。

# コンカー見つかる

「ああ、助かったわ！」リズは、横に滑りこんできたデービットを見て叫んだ。そして、緊迫した様子で庭を指さした。鳥の餌台の屋根に、カラタクスが止まっていた。屋根の端にそってじりじりと移動しながら、頭をぐいと下に向けて、鋭い目で動いているものはないか芝生の上を探していた。

「スニガーは？」

「はっきりとはわからないの。二匹のリスが、垣根のそばにいるのを見つけたのよ。リスたちが芝生の上に飛び移ったところまでは見たわ。ルーシーがあなたを呼びに行こうとしたとき、カラスが、たぶん物置の屋根からだと思うんだけど、舞い降りてきたの。それで慌てちゃって、そのあとのことを見逃しちゃったのよ。リスたちは逃げたかもしれない」

「違うわ。スニガーはあそこにいる！」ルーシーが叫んだ。

デービットは、ルーシーの指の先を追った。するとまさに、餌台の脚のところから、スニガーが飛び出してきた。カラタクスはすぐにその動きに気づき、翼を巨大な黒いパラシユートのように広げた。スニガーはぎくっとして一気に走り出した。が、すぐに止まって、危険にもチラッとうしろを振り返った。カラタクスはものすごいスピードで急降下してきた。「だめえ！」ルーシーが悲鳴を上げ、スニガーはおびえたような声でチッチッと鳴くと、かろうじて襲いかかってくるかぎ爪を逃れた。そして、一目散に餌台の脚まで戻った。カラタクスは、怒ったようにしゃがれ声で鳴いた。そして力強く一回羽ばたくと、また餌台の屋根に舞い戻った。

「あっちいけ！」ルーシーは叫んで、突進していった。

カラタクスは振り向いて、ルーシーに向かってカアーっと鳴いた。

「ルーシー、戻ってこい！」デービットは叫んだ。そしてルーシーの腰に腕を回すと、手足をバタバタさせているルーシーを抱き上げた。

「放して！」ルーシーはののしった。「コンカーを助けるのよ」

「カラタクスに襲われたら、怪我をするぞ」

「ルーシー、あなたはここにいなさい！」リズは命令して、ルーシーを捕まえると押さえつけた。そして同時にデービットに向かって言った。「見て！」

デービットはぞっとした。カラタクスがルーシーに気をとられているうちに、スニガーはまた餌台から走り出していた。今回は芝生の真ん中まで辿り着くと、まるでカラスを誘うようにチッチッと鳴いて、ふさふさの灰色のしっぽを振り回した。

カラタクスが再び空へ舞い上がった。

スニガーは恐怖でヒクヒクと震えた。そして走り出した。

でも、餌台のほうではなかった。ロックガーデンでもなかった。

「信じられない」デービットは言った。「物干しのほうへ向かってる！」

「わたしの洗濯物が！」リズが大声で叫んだ。スニガーは斜めになっている支柱を駆け上がった。

「どういうつもりなの？」ルーシーはいらだってこぶしを打ちつけた。「あれじゃあ、カラタクスに簡単に捕まっちゃうわ」

スニガーはカラタクスをおびき寄せてるんだ、とデービットは思った。物語と同じだ。カラタクスに追いかけさせようとしてるんだ。コンカーが逃げられるように。コンカーの命を救おうとしているんだ。

「餌台を見てるんだ！」デービットはルーシーに向かって怒鳴った。「コンカーがロックガーデンに向かうか見るんだ」

「あなたはどうするつもり？」リズがおろおろしながら訊いた。

「スニガーを応援する」そして下宿人はすばやく丸めてあるホースをのばしはじめた。

そのころには、スニガーは物干し綱に登って、洗濯バサミにつまずきながらなんとか渡りはじめていた。カラタクスはさあっと体を傾けると、また降下しはじめた。ところがデービットがホースの銃で狙いをつけたとき、また別の登場人物が現れた。

ベンチの下からボニントンが飛び出してきた。ネコは体をひねって伸び上がると、カラスのやわらかい下腹部をひっ掻いた。カラタクスは、驚いてかん高い声で鳴いた。羽がごっそり抜けてひらひらと舞い落ちた。カラタクスは必死で羽ばたいて、方向を変えようとした。だが遅かった。ギャーという鳴き声とともに、カラタクスはリズの真っ赤なセーターの中に突っこみ、ほどけた毛糸に爪がひっかかってからまった。ボニントンは向きを変えると、もう一度飛び上がり、今度は尾羽をひきぬいた。

デービットはすぐに狙いを切り替えた。いくらカラタクスが物語上悪役だったとしても、死んで欲しくはなかった。「悪いな、ボニー」そう呟くと、デービットはボニントンに向けて水を放った。

カチ。放水口から水は出てこなかった。

なんてまぬけなんだ！　蛇口をひねるのを忘れた！

デービットはホースを放り投げると、走り出した。

そのときはもう、カラタクスは飛ぼうとしていたけれど、リズのセーターのせいでロープから離れられなかった。この巨大な鳥がどんなにけんめいに羽ばたいても、爪は毛糸にからまって外れなかった。と、いきなり片方の足が外れて、カラタクスは百八十度くるりと回って、ぶらんとぶらさがった格好になった。もう片方の足は絡まったまま、どうしようもできずに力を使い果たし、あとはボニントンのなすがままだった。

ネコはまさに飛び上がろうと身構えた。

「やめろ!」デービットが叫んだ。

デービットは思い切って飛び出すと、ボニントンの首根っこをつかんで、ぐいと引き離した。「よくやった。あとは《トラフグッド》だ」ネコはフーフーうなって歯をむき出した。デービットはリズとルーシーに手招きした。

「死んだの?」ルーシーは囁くような声で言ってカラスを見た。デービットはリズにボニントンを渡した。

「いいや。おびえているのと痛みだろう。やつを放すのを手伝ってくれ」

「でも、スニガーを殺そうとしたのよ」

「自分の縄張りを守ろうとしたのよ」リズが言った。「放してやらないと、翼を折ってしまうわ」

「そうだな」デービットは両手でカラタクスの体をそっと抱えると、持ち上げて、足に体重がかからないようにしてやった。それから手をくるりとひねって、短剣のようなくちばしでルーシーの指がつつかれないようにした。「よし。これで安全だ」

ルーシーは唇を嚙んで前へ出た。そして、勇気を出してしわのよった足をつかんだ。カラタクスはかん高い声でカア！　と鳴いて、くさびの形をした尾をさっと振って抵抗した。ルーシーはヒッと悲鳴を上げたけれど、手は放さなかった。足はわけなく抜けた。

もう片方の足も見てやろうとして、ルーシーは手を止めた。「ほら、コンカーが嚙んだところよ、見て」そして、足を傾けてデービットに見せた。カラタクスの足先はちぎれていた。

「本当だ。信じられない。こんなことがあるなんて。カラタクスが最初、杭に止まっているのを見たときに、無意識のうちに気づいたに違いない」

「無意識ってなに？」

「ああ、きみならガズークスが教えたって言うだろうな」

ルーシーは不思議そうな顔をした。「だってそうでしょ？」

デービットが意見を言う前に、リズが呼んだ。「どう？　これ以上ボニーを押さえてられないわ」

「終わりました」デービットは言って、ルーシーが最後の毛糸を取ると、カラタクスを元の姿勢に戻してやった。

　カラスの黒い目に希望の色が浮かんだ。カラスはまっすぐ空を見た。「いい子にするんだぞ」デービットは小声で囁くと、手をパッと放した。カラタクスは不機嫌そうにカアと鳴くと、バタバタと飛び去っていった。

　デービットはすぐに庭のほうに向き直った。「スニガーはどこへ行った？」

「ジーンズの足に潜りこんだわ」ルーシーが答えた。

「なんですって？」リズが言って、ボニントンを放り出した。

　みんないっせいに振り返って、洗濯物のほうを見た。

　デービットのジーンズの右足が異常にふくらんでいる。膝のすぐ下あたりだった。

「つかえてる」ルーシーが言った。

「なら、出てもらわなきゃ」リズは不愉快そうに言った。「ジーンズの中でフンでもされたら、大迷惑だわ」

「じゃあ、檻に入れよう」デービットが言った。そしてロックガーデンへ走っていって、ドングリの箱を取ってくると、背を下にして物干し綱の近くに置いた。リズが洗濯バサミを外している間、デービットはジーンズの膝のふくれているところの上と下を手でぎゅっと押さえていた。「行きますよ」デービットはジーンズをそろそろと箱のほうに下ろして、ゆっくりと振った。怒ったようなチッチッという鳴き声が響き渡った。シュッ！　ジーンズのふくらみが消え、リスが箱の中に飛びこんだ。

ルーシーがぴしゃりと扉を閉めた。「捕まえた！」ルーシーは手を叩いた。

「よし」デービットはほっとしてヒュッと口笛を吹いた。「一丁上がり。あと一匹。さあ、コンカーはどこだ？」

ミャオオオオオ！　聞きなれた声がした。

みんな、いっせいに振り返った。

芝生の真ん中にボニントンが立っていた。

その口にはリスがくわえられていた。

# 野生動物病院

誰ひとり、動くこともしゃべることもできないでいるうちに、ボニントンは芝生を歩いてきて、デービットの足元に獲物を置いた。

ミャオ。ボニントンはさもうれしそうに鳴いた。

リズが口を押さえた。「まさか殺していないわよね」

ルーシーは母親の腕の中に飛びこんだ。とても見ていられなかった。

デービットはしゃがんで、ボニントンの頭を撫でた。もし殺していたとしても、本能に従ってしたことを責めるわけにはいかない。狩りをして、戦利品を持ち帰っただけなのだから。

「それはコンカー？」リズが訊いた。

デービットはくたっとした灰色の体を見下ろした。リスは体を丸めて横たわっていた。見えるほうの目は固く閉じられている。特に傷があったり、くっついているようには見えなかった。

「ひっくり返さないとわからない」デービットは言って、そろそろと腹をつかんだ。

そのとたん、リスは震えだした。内側に曲がった足や体が、まるでなにかの発作を起こしたみたいに、激しくけいれんしている。どうすればいちばんいいのかわからないまま、デービットはそっと手を置いて、この小さな動物が恐怖のあまり死なないよう、祈った。ありがたいことに、十五秒ほどでひきつけは収まって、リスはあえぎながら横たわった。

デービットはもう一度リスをつかむと、そっと持ち上げた。「檻の扉を開けてくれる?」

ルーシーは箱の横にしゃがんで、スニガーから目を離さないようにしながら、慎重に扉を半分ほど開けた。デービットがゆっくりとそちらのほうへ行くと、手負いのリスは頭を持ち上げた。閉じた右目の上がかさぶたになっているのが見えた。

「彼だわ」ルーシーが囁いた。

デービットはうなずいた。「かわいそうだ」

「うん」ルーシーは鼻をすすって、コンカーのしっぽに触れた。

デービットはリズを見上げた。

「ソフィーに電話しなさい」リズが言った。

野生動物病院は、スクラブレイの町の中心から八キロほど北にいった農場にあった。ヒツジが点々と草を食んでいる小さな牧草地の先を曲がってせまい泥道に入ると、すぐに丸石の敷きつめられた中庭に出た。周りを赤レンガの建物が取り囲んでいる。ヤギがかいば桶から顔を上げた。二羽のアヒルがよたよたと逃げていく。手押し車で日向ぼっこをしていた毛の長いネコが、くすんだ灰色の頭をもたげて、フワアとあくびをした。古い石造りの農家の壁に、《**リディッカーの有機野菜**》と書かれた手書きの看板がかかっていて、その横の黒板に野菜の名前と一キロごとの値段が書かれている。さらにその隣に乗馬学校の看板があり、その上に前足に包帯を巻いたキツネのシルエットを描いた絵があった。キツネの頭を、《**スクラブレイ野生動物病院**》の文字が囲んでいた。

「これ？」ルーシーが無感動に言った。

「ふうん」リズは言って、さびたポンプの横に車をとめた。「ジャガイモでも買って帰りましょうか」

「ソフィーだ」デービットが前の、コケで覆われたアーチ道のほうを指さした。

ソフィーが大きな黒い馬を引きながら、ゆっくりとこちらに歩いてきた。ぴったりとした茶色いズボンに、うっすらと泥や草のしみがついている。緑色のシャツをゆったりとはおり、襟を立て、髪はクリップで留めている。乗馬から帰ってきたばかりらしく、頰はほんのりと上気していた。

ルーシーは腕を大きく広げて、走っていった。「馬を持ってるのね」ルーシーは言った。

「メージャーよ」ソフィーは言って手綱を引いた。メージャーは鼻を鳴らして、頭を振り上げた。「いちばんの親友なの」そして、メージャーの頭を肩まで下ろしてくれたので、ルーシーはその黒いすべすべした鼻づらを撫でることができた。

「乗ってもいい？」

「大きすぎるわ」リズが言った。

「ポニーもいますよ」ソフィーの灰色の目がきらめいた。

「ポニー！」

「だめよ」リズはやさしくルーシーの顎に手をやると、そっと口を閉じさせた。

ソフィーは微笑んで、話題を変えた。「怪我をしたリスを見つけたんですね？」

デービットが車から箱を下ろした。「ひどい状態なんです」

ソフィーは心配そうに小さくうなずいた。「ここにやってくる動物たちはたいていていそうなんです。ちょっと待っていてください。すぐに、お連れしますから。この病院をやっているウェンハム夫人に会ってください」

ソフィーはタッと舌を鳴らすと、メージャーを中庭の向こうの、暖かくて清潔なわらのにおいのする厩へ引いていった。そしてもう一人の女の子と短い言葉を交わして、メージャーの肩をトントンと叩くと、また日の差す外へ出てきた。

「こちらです」ソフィーはにっこり笑って、くぼんだコンクリートの階段をふたつ飛び越えると、家の奥の部屋に入っていった。獣医さんの診療所のにおいがしたけれど、動物のあまりいないペットショップにちょっと似ていた。窓辺のトレイに缶詰が置いてあり、種や穀物の入った袋がある。バケツが山のように重ねられ、毛布の山もいくつかあって、棚は薬やゴム手袋やティッシュでいっぱいだった。奥の壁には、檻が重ねてあった。そのなかのひとつに、ハリネズミがいた。翼に添え木をしたカササギもいる。デービットが、コンカーも同じように、この部屋で檻に入ることになるのだろうかと思っていると、ソフィーが言った。「ウェンハム夫人です」

ウェーブのかかった黒髪とぽっちゃりした赤ら顔の恰幅のいい女の人が入ってきた。

「さあて、なにを連れていらしたの？」夫人の質問は、主にルーシーに向けられていた。

「かわいそうなリスね。見間違えじゃないわね？」

「コンカーっていいます」ルーシーは答えた。「目が悪いんです」

「まあまあ。よく見せてちょうだい」

デービットは金属製の長い机の上に檻を置いて、ウェンハム夫人が見えるようにくるりと回した。

「かわいそうに」ウェンハム夫人はゼイゼイしながら屈んで、言った。「どうしてこんなことに?」

「カラスにやられたんです」ルーシーは答えた。

「ぼくたちはそうじゃないかと思っているんです」デービットが説明した。

ウェンハム夫人は舌を鳴らした「ひどいわ。ヒモみたいに細いじゃないの。おまけにまだほんの子どもよ。しっぽを見てごらんなさい。ティンセルの糸のほうがまだましなくらいよ。こうなってからどのくらいなんです?」

「もうずっとです」ルーシーが答えた。「デービットが来る前から」

「二、三か月前ってことです」リズが言った。

ウェンハム夫人はうなずいた。「ここに連れてきたのはよかったわ。間違いなく、健康なリスではありませんからね。目のほかになにか問題は?」

「ベーコンさんがこの子のことを嫌ってるんです」ルーシーは言った。

ソフィーが手を口にあててくすくすと笑った。

「一度けいれんを起こしました」これ以上、ウェンハム夫人を混乱させないように、デービットは助け船を出した。

ウェンハム夫人はそれを聞くと、顔をしかめた。そして屈んで、金網を軽く叩いた。

「いらっしゃい。こっちを向いて」

コンカーは少し元気を取り戻したようだった。さっと体を起こすと、ひょろりとしたしっぽをピンと立てた。

「あの傷は感染症を起こしてるわ」ウェンハム夫人は言った。「ディーンズ先生が診てくださるでしょう」

「獣医の先生なんです」ソフィーが言った。「明日ここにいらっしゃいます。すばらしい先生なんですよ。ほとんど無料で動物たちを診てくださっているんです」

「コンカーの分は支払います」リズが言った。

ソフィーは首を振った。「それはぜんぶ寄付でまかなわれているんです。ある意味では、もう払ってくださったことになるわ。つまり、デービットが」そして一瞬、デービットに向かってはにかんだ笑みを浮かべた。

「あら」ウェンハム夫人が遮って、四角い頭を傾げた。「気のせい？　それともリスは二匹いるのかしら？」

「スニガーよ」ルーシーが言った。「デービットが図書館の公園から罠に仕掛けるドングリを盗んできたときに、ついてきたの」

デービットは顔をしかめて、窓の外を見た。

「それで、スニガーはどこが悪いんです？」

「どこも悪くありません」リズが答えた。「少なくともわたしたちが知っているかぎりは」

「コンカーの友だちなのよ」ルーシーは声をはり上げた。「ベーコンさんの家の芝刈り機からコンカーを助けたんだから。それにカラタクスが来たときも、物干しロープの上を走ったのよ」

ウェンハム夫人は片方の眉を上げた。

「デービットの書いたお話を読めばわかるわ」

「物語を書くの？」ソフィーが訊いた。

「今だけね」デービットは赤くなった。

「たのめば、きっとお誕生日に書いてくれるわ」ルーシーが言った。

「ルーシー、そこまでよ」リズが言った。「では、どうしましょう、ウェンハムさん。二匹を引き取っていただけますか？」

ウェンハム夫人は頬をふくらませた。「怪我をしているほうについては、そうしましょう。だけど、スニガーは、また別なんです。健康な動物を檻に入れておくことは禁止されていますから」

「だけど、だめよ！」ルーシーは激しく抗議した。「スニガーがいなくなったら、コンカーはさみしくてどうかなっちゃうわ」

それを聞いて、リズとデービットとウェンハム夫人がいっせいに、ああでもない、こうでもないと言い出したので、ついにソフィーが割って入った。

「どうでしょう……？」そう言ってから、ソフィーがそれきりなにも言わないので、デービットはつついてせかしたくなった。「どうでしょう、ウェンハムさん。二匹を一緒にしては？　檻の中に入れられていても、いやがっている様子はないですし、飼育場ならきっとなんの問題もありませんわ」

「飼育場？」リズが聞き返した。

「この先よ」ソフィーは言って、デービットの足をそっとつついて、檻に向かってうなずいた。

デービットはすぐにソフィーの言おうとしていることを理解すると、すかさず檻を持ち上げて、ソフィーについて外に出た。すぐに、金網の張ってある大きな檻が見えた。中には、金属のお皿が何枚かと、鳥の巣箱と、切り出した巨大な枝しかなかった。

ソフィーは飼育場の扉の鍵を開けると、デービットに急いで手招きをした。「放してやって」ソフィーは囁いた。「ウェンハムさんが騒ぎ出す前に」

「ソフィー？」ウェンハム夫人が呼びかけた。「禁止されていることは知っているでしょう……」

「ここなら森の動物にはぴったりだわ」ソフィーは声をはり上げた。「この枝はオークなの。だからリスたちも、居心地よく感じるはずよ」

「ソフィー、それは禁止……」

「見て」ルーシーはたちまち飼育場まで行って、扉のところでウェンハム夫人に手招きした。

コンカーはすでに箱から出て、ひまわりの種をかじっていた。

「気に入ったんだわ」ルーシーは顔を輝かせた。

ウェンハム夫人は愛想よく微笑んだ。「そうね、この子は大歓迎よ。でも――」

「スニガーよ！」デービットは振り向いて、ルーシーの指さしているほうを見た。スニガーは枝のてっぺんに登って、せっせと巣箱を調べ回っていた。ウェンハム夫人がそちらのほうへ行こうとすると、あっというまに姿を消した。

それからリズがやってきて、ルーシーが母親とウェンハム夫人相手に説得を続けている間に、デービットはソフィーのほうへ行って囁いた。「ありがとう。その、みんなを助けてくれて」

ソフィーは腕を組んでうなずいた。麦わら色の髪がほつれて、頬にかかった。「いいの」

ソフィーは小声で言った。「わたしはそのためにいるんだから。昔から動物が好きだったの……それから動物のことが好きな人も」

デービットはちらっと横目でソフィーを見た。ソフィーは、まるでゆっくりと錠剤を舐めているように唇を固く閉じていた。頬がじわじわとピンク色に染まった。

デービットは足でワラビの茂みをならした。「あの、どうかな、その……」

「いられることになったの！」ルーシーが叫んで、二人の間に割りこんできた。「ウェンハムさんがいいって！」そしてソフィーの前で、ぴょんぴょん跳ね回った。

デービットは空をあおいで、なにやらぶつぶつと呟いた。

「異例なことです」ウェンハムさんは言った。「でも、スニガーがお話の主役では、まだ放すわけにはいかないようね」

「コンカーはいつよくなるの？」ルーシーはがまんできずに言った。

ソフィーはにっこり笑って、両手を大きく振った。「明日、ディーンズ先生に見ていただくから、そうしたら電話するわ」

ルーシーはうなずいて、ソフィーに顔を寄せた。「ちゃんと面倒を見てくれるわよね？」

「わたしの担当だから」ソフィーは安心させるように言った。

「スニガーに気をつけて。一筋縄ではいかないから」デービットがこっそりと言った。

チッ！　スニガーが巣箱のうしろから叫んだ。

「まかせて」ソフィーは笑った。そしてルーシーの腕をこすった。「ここにいれば大丈夫よ。なにかあれば連絡するわ。約束よ」

# まあ、ソフィー

ソフィーが連絡してきたのは、土曜日の午後だった。病院にいってから、四日が過ぎていた。デービットがベッドの上に大の字になって、《スニガーとドングリかいじゅう》の原稿を練っていると、居間で電話が鳴った。

「少々お待ちください。今呼ぶわ」リズが電話に向かって言うのが聞こえた。「デーービットーー！　ソフィーから電話よー！」

デービットは文字どおりベッドから転がり落ちた。そして櫛をつかんで髪をとかしかけたけれど、無意味だということに気づいて、電話のところへ行った——が、ルーシーに先を越されていた。

「わたし、ルーシーよ！　コンカーはどう？」

「ありがとう」リズが電話をひったくった。「ごめんなさい」リズはソフィーに謝った。「おかしいわね。混線したみたい。さあ、デービットよ」

ルーシーは地団駄を踏んだ。

リズはルーシーを廊下へ追い出した。「出なさい。ソフィーはデービットに話があるの」

「どうしてわたしは話せないの？」

「あなたは若くてかっこいい男の子じゃないからよ」

「それなら、デービットだって！」

「台所に行きなさい」リズが言った。

それで終わりだった。

ちょうどそのとき、デービットが電話を終えて入ってきた。リスがしっぽを二回振るほどの間もなかった。

「ずいぶん早いわね」デービットが一緒にテーブルに着くと、リズが言った。「コンカーはどうしたって？」

「それが、よくわからないんです」デービットは困ったように言った。「ソフィーが電話では話したがらないんです。二十分後に来るって」

「たいへんだわ。ルーシー、ケーキのお皿を用意して」

「へえ」ルーシーはおだてるように言った。「デービットのガールフレンドがお茶しに来るってわけね」

フルーツケーキにカスタード、レモンメレンゲパイ、それからピラミッド型に積まれたツナとキュウリのサンドイッチもあった。テーブルの上に広げられたごちそうを見て、デービットはひそかに、これからなるべくたくさんソフィーを呼ぼうと心に決めた。ソフィーも、リズがこんなに手間を掛けてくれたことにびっくりしたようだった。

「いいのよ」リズが言った。「さあ、いっぱい食べていって。デービット、ソフィーに飲み物をお出ししたら？」

デービットはカウンターのほうへ行った。「なにを飲む？」

「なにかハーブ系のものだとうれしいわ」

「いちばん上の棚」リズが言った。「いろいろなフレーバーがあるから」

デービットはバラの実のティーバッグを選んで、マグに入れた。

「コンカーはもう治った？」ルーシーが話に割りこんだ。ソフィーが来てから、この質問をするのはもう三度目だった。

ソフィーはイスに座って、ひかえめに切り出した。「コンカーのことでは、いいニュースと悪いニュースがあるんです」

「まあ」ボニントンにツナをやりながらリズが言った。

デービットはたじろいだ。湯沸かしの電気がカチッと切れた。

「悪いニュース?」ルーシーの下唇が震えだした。

ソフィーは手を伸ばして、ルーシの手に触れた。「いいニュースから言わせてちょうだい。コンカーの目は、見かけほど悪くなかったの。ディーンズ先生が診察して、傷口を開いて固くなった膿を出してくださったのよ」

「痛そうね」リズが体をくねらせながら言った。

「入ったままより、出したほうがいいんです」ソフィーは言った。「感染症を起こして傷口がはれていたせいで、目が閉じていたんです。だけど、ディーンズ先生がよく調べたら、光に反応したんです」

「じゃあ、見えないわけじゃないんだ」デービットが訊いた。

「そうなの」ソフィーはサンドイッチをひとつ取った。「火曜日にディーンズ先生が傷口をふた針縫って、これ以上感染症が広がらないように抗生物質を打ったんです。そうしたらみるみるうちによくなったの。ああいう傷にはよくあることなのよ」

デービットはうなずいて、ソフィーのお茶をテーブルに置いた。「それがいいニュースなら、悪いニュースは?」

ソフィーは足を組んで、指にはめた銀の指輪をくるくると回した。そして、声を落として囁くように言った。「あなたの見たけいれんに関係することなの。ディーンズ先生はコンカーの血液を採って、検査をしてくださってね。結果が出るまで待たなくてはならなかったの。それで連絡するのが遅れてしまったんです」

デービットはルーシーの横のイスにすっと座った。ルーシーは急に静かになっていた。ソフィーはみんなをかわるがわる見た。「コンカーは腎不全なの」

デービットは数秒間黙ってソフィーを見つめた。「コンカーは死ぬということ？」

「ええ」

そのとたん、ルーシーは母親の胸にくずれおちた。

デービットは一瞬目を背け、サンドイッチに手を伸ばしかけて、やめた。「あとどれくらい生きられる？」

「むずかしいの」ソフィーは静かに言って、心配そうにルーシーを見た。「はっきりわかる方法はないのよ。ディーンズ先生は、あと何年も生きることもあるし、そうでないこともあるっておっしゃってる」

「死ぬはずないわ」ルーシーが泣きながら言った。「死ぬなんていや」

デービットは涙をこらえて、口を押さえた。

「たしかに悲しいことだわ」ソフィーは続けた。「だけどこうは考えられないかしら。もしあなた方がいなかったら、コンカーは今日まで生きられなかった。あなた方のおかげで、コンカーは長く生きることができたのよ。今も、楽しそうに跳ね回っているわ」

ルーシーは鼻をすすって、涙をぬぐった。「もう、図書館の公園へ行ける?」

ソフィーはにっこりして、両手でカップを包みこんだ。「バラの実の紅茶にミルクだなんて。珍しいわ」そして自分を励ますように、ひと口急いですすった。「それはね、もうひとつのお知らせと関係あるの」

デービットは不安げにソフィーを見た。

「もうひとつ、ディーンズ先生がおっしゃったことがあるの。わたしも知らなかったのだけど、ハイイロリスは害獣に分類されているみたいなの」

ルーシーは驚きのあまりあんぐりと口を開けた。「誰が言ったの? ベーコンさん?」

「ルーシー、ルーシー、静かに」リズがなだめた。

「どういうこと?」デービットが単刀直入に訊いた。

ソフィーは大きく息を吸って、はっきりと言った。「法律で、ハイイロリスを捕まえたら、自然に戻してはいけないことになっているの」

「なんだって?」デービットがテーブルに膝をぶつけた拍子に、ツナサンドイッチのピラミッドが崩れた。

リズはデービットに向かって眉をひそめると、サンドイッチをいくつかお皿に戻した。

「コンカーは病院を出られないってことなの？　ソフィー」

「だめよ！」ルーシーが叫んだ。「コンカーは図書館の公園に行きたいんだから！」

「それにスニガーは？」デービットが激しい口調で言った。「スニガーを閉じこめておくことはできないはずだ」

ソフィーはイスの上でそわそわと体を動かした。そしてコホンと咳をすると、スカートのすそを引っぱった。「きっとみなさんはこう思うと思ったの」ソフィーはもぞもぞした。

「これからわたしが言わなくてはいけないことも、少しはがまんできるって」

台所は死んだように静まり返った。ソフィーはつんと顎を突き出した。「ある種の野生動物を捕まえておくのはとても大変だわ。金網を嚙み切ったり、土に穴を掘ったりするから。気をつけていないと、逃げてしまう」

「逃げてしまう？」デービットは怒りが湧き上がるのを感じた。

「スニガーは逃げてしまったってこと？」リズが訊いた。

ソフィーは両手を膝の間にはさんだ。

「嘘だろう！　信じられない！」デービットは叫んで、テーブルをドンと叩くと、立ち上がった。「だから気をつけろって言ったのに。スニガーは一筋縄ではいかないって！」

ルーシーは一縷《いちる》の望みにすがるように言った。「きっと図書館の公園へ帰るわ、ママ！」

「だとしたら、かなりいい地図が必要でしょうね。わたしだって、あの病院を見つけるのは大変だったんだから」リズはそう言って、台所を歩き回っているデービットを睨みつけた。

「なんとかしなくちゃ。今すぐに」デービットはひどく気をもんで言った。「きっと野原のほうに向かっていくはずだ。森から離れないようにして、太陽の位置を確かめながら。それで――」

「デービット。待って。まだ終わっていないわ」ソフィーは唇をぎゅっと閉じた。「二匹は外へ出て――」

「なんだって、コンカーもか？」

「――ええ。金網に開いた穴から出たの」

デービットはぞっとして両手を上げた。「コートを取ってくる。探さなきゃ。今すぐに」それを聞いて、ソフィーの堪忍袋の緒が切れた。「デービット、座ってちょうだい！」

デービットは叱られたのが信じられないというように、よろめいた。リズですら、驚いて（もしくは感心して）片方の眉を上げた。デービットはボニントンのお皿から足をどけると、座った。

ソフィーにじっと見つめられて、デービットは動けなくなった。「今言ったとおり、二匹は逃げたの。だけどそんなに遠くへは行っていない。間違いないわ」

「どうしてわかるの？」ルーシーが訊いた。

ソフィーはサンドイッチをひと口食べると、急いで飲みこんだ。「反対側で待ち伏せしていたから」

デービットは首を傾げた。「待ち伏せた？　どうやって？」

「ただ、待っていたのよ、デービット。ネコ用の小さな檻を持って」

ルーシーはあんぐりと口を開けて、母親を見た。

「まあ、ソフィー」リズはだんだんとソフィーのやったことがわかりかけてきた。

ソフィーの頬がうっすらと赤くなった。

「つまり……二匹を捕まえたってこと？」ルーシーが尋ねた。

「ええ」ソフィーは答えて、お茶をすすった。

デービットの表情がくるくると変わった。そして最後に〝落ち着いたけれど興味津々〟の顔になった。「その檻はどこに？」

「わたしの車のうしろの座席」

「やった！」ルーシーは歓声を上げて、ソフィーに抱きついた。

「信じられない」デービットは驚いたのと、感心したのと半々で言った。そして鼻をつまんだ。

リズは首を振って、目を天に向けた。「まあ、ソフィー」そしてもう一度ため息をついた。

# 決断のとき

「コンカーたちに会うわ！」ルーシーは宣言した。そしてまっすぐ立ち上がると、顔を輝かせた。「だけどその前にお手洗いへ行ってくる！」ルーシーはぎゅっとこぶしを握りしめると、ドタドタと台所から出ていった。

「ちょうどいいわ」リズが言った。「お嬢さんがいないうちに、リスたちをどうするか決めましょう」

ソフィーはまずデービットからというように、そちらを見た。

デービットはカウンターに寄りかかって言った。「ルーシーが図書館の公園と言ったのは、正しいと思う」

「そうね」ソフィーはうなずいた。「自然の森に放したら、コンカーは苦労することになる」

デービットは続けた。「それに、ここに放したら、エサはないし、ベーコンさんやカラスに襲われる危険もある。図書館の公園は静かで、人間たちはしょっちゅうリスに餌をやっている。最高の場所だ。あんないい場所はなかなかない」

ソフィーは励ますようにうなずいた。

「いいわ」リズが言った。「図書館の公園ね。もし娘に犯罪歴がつくようなことになったら、家賃を倍にしてもらうからね」

「そりゃどうも」デービットは鼻を鳴らした。

「どういたしまして」リズが言った。「わたしの車に乗っていきましょう」

＊

スクラブレイへ向かう車の中で、ソフィーはデービットに言った。「あなたの書いている物語ってどんな話なの？」
「すごくいいんだから」ルーシーが助手席から振り向いて、興奮して言った。「デービットが図書館の公園へ行って、リスたちはドングリかいじゅうだと思ったの。なぜって、デービットがドングリを盗んだからよ。そしてスニガーがデービットのあとをつけていって
――」
「はい、息継ぎ」リズは言って、信号で止まった。

ルーシーは息を吸いこんだ。「それで、間違えてドングリの箱に入っちゃったの！」

「つまり、本当にあったことなの？」

デービットは手を振った。「基になるところはね」そして足を動かして、膝にのせた檻がなるべくまっすぐになるようにした。

「ずっと書いているのよ、ルーシーのために」リズはスクラブレイ通りを走りながら言った。「ちゃんとした物語になってきたわ」

「まあ」ソフィーは眉を上げた。「想像力が豊かなのね」

「それほどでもないよ」デービットは謙遜して肩をすくめた。

「そうよ」ルーシーが言い添えた。「ぜんぶガズークスがやってるんだから」

「違う、そうじゃない」下宿人は言い返した。

ソフィーは不思議そうな顔をした。「ガズークスって？」

「デービットの龍よ」ルーシーが言った。「ママが作った、小説家の特別な龍」

リズは鏡の中でソフィーと目を合わせた。「わたしは陶芸をしているの。陶器の龍を作っているのよ」

「《ペニーケトル工房》」デービットが言った。

ソフィーは一瞬考えこんで、ぱっと顔を輝かせた。「まさかスクラブレイ・マーケットに出ているとんがった翼の龍？」

「そのとおり」デービットとルーシーは同時に言った。

「あのすてきな龍たちね。いつも買おうと思うのだけど、持ち合わせがなくて。どこかにお店を開いていらっしゃるんですか？」

「アトリエだけよ。自宅の」

「龍のほら穴」ルーシーが言った。

「招待状がないと入れない」デービットが小声で呟いた。

「もしよければ、あとでお見せするわ」リズが言った。

ソフィーの顔がうれしそうに赤らんだ。「ああ、お願いします！　龍のほら穴！　まあ！」

「どっちかって言うと、ハア！　だけど」デービットが言った。

リズはバックミラー越しにちらりとデービットを見た。

はっきりした理由もないのに、デービットはまるで針で刺されたように跳び上がった。膝にのせた檻がガタンと揺れて、中から不満そうなチッチッという鳴き声が上がった。

「どうしたの？」ソフィーが言って、デービットを上から下まで眺めた。

デービットは首を振った。「なんでもない。大丈夫」

そしてもう一度、バックミラーを覗いた。リズの目はまた道路を見ていた。けれどもさっき目があった瞬間、間違いなく見たのだ。いつものあざやかな薄緑色の目が、まったく違う色に輝いたのを。

紫。

夢で見た龍の目と同じ色だった。

# バイバイ、コンカー

二分後に車をとめると、またリスの話に戻った。

「いこう、ママ」ルーシーが言った。「コンカーたちを放すのに、いい場所を見つけなきゃ」ルーシーはリズの手をつかんで、図書館の敷地内に引っぱっていった。

ソフィーはやさしく笑って、二人を見送った。「おかしな組み合わせよね？」

「まったくね」デービットはぼそっと言って、檻をもう片方の手に持ち替えた。二匹の動き回っているリスは、予想以上に重かった。

ソフィーは振り向いて、一歩うしろにさがった。「あの家を気に入っていないの？」

「いや、あの二人は最高だよ。ただその……変わってるんだ。特に龍のことになるとね。今だって、車に乗っていたとき、リズの目の色が変わったのを見た？」

ソフィーはどういうこと、というふうにデービットを見た。

「誓って見たんだ。バックミラーで。いつもは緑色なのに、紫に変わったんだ」

ソフィーはあこがれるようにため息をついて、スカーフを締めなおした。「うらやましいわ。わたしの目もそうだったらいいのに。光の加減では、もっと濃い青になるのよ」

「そういうことじゃないんだ」デービットは首を振った。「一瞬、〝龍っぽく〟なったんだよ」

「ハアー」ソフィーは、笑いながら手に温かい息を吹きかけた。

「冗談じゃないんだ。あの二人には、なにかおかしなところがある。家に戻ったら、グウェンドレンを見せてくれるようにたのんでごらん。彼女の作る特別な龍の一匹なんだ。じっと見ると、中にルーシーが見える」

「それで?」

「つまり……ルーシーを見ると、その逆に見えることもある。まるで……」

「そこでストップ!」十メートルほど先の、小道がU字型にカーブしているところにルーシーが現れた。「もっと寄って」ルーシーは大声で言った。「自然にして」そして、誕生日にもらったカメラを覗いた。

「ああ、写真はだめよ」ソフィーはたじろいだ。「いつも不自然になっちゃうの」そして、デービットの腕に自分の腕を滑りこませると、(苦しそうに) 微笑んだ。

カチッと音がして、ルーシーがすぐに叫んだ。「ママ、デービットとソフィーがくっついてる写真を撮ったわ!」

リズの声がただよってきた。「一生大切にするでしょうね。さあ、来て。いい場所が見つかったわ」

デービットとソフィーはぱっと離れて、ルーシーのあとを追った。すると、ツタに覆われた壁の上にリズが座って、生い茂った枝の間から中を覗いていた。池と、その左手にある野外音楽堂が、絵はがきのように縁取られて見えた。遠くのほうに、願いの噴水がかろうじて見えた。

「いいわ」ソフィーはリズの横に腰を下ろして言った。「木が茂って緑が多いわ。ドングリを埋める場所もたくさんある」

「ドングリといえば」デービットは檻を小道の上に置くと、ポケットから袋に入ったドングリを取り出した。「ほら、ドングリかいじゅうにしてあげるよ」デービットは言って、ルーシーの両手に中身をあけた。

「やった！」ルーシーは言った。「これが、デービットが盗んだやつよ」ルーシーはソフィーに教えた。

デービットは檻の横に片方の膝をついた。「さあ、二匹を返そう。コンカーに新しい家を見せてやろう」

はじめて、ルーシーの顔がちょっぴり曇った。「本当に放さなくちゃいけない？」

デービットは檻の扉のほうに顎をしゃくった。スニガーは金網にしがみついて、けんめいに留め金をかじろうとしていた。

ルーシーの下唇がゆがんだ。そしてデービットに体を寄せて、デービットの肩に頭をのせた。「コンカーを助けてくれてありがとう」

デービットはルーシーをぎゅっと抱きしめた。「ぼくたちみんなで救ったんだ。きみとぼくときみのママとボニントンと」

「ソフィーと」リズが言った。

「スニガーも」ソフィーも言った。

「ガズークスもよ」ルーシーが鼻をすすりながら言った。「いろんなことをしてくれたわ」

「この調子じゃ、スクラブレイじゅうの人たちの名前をあげることになるわ」リズが呟いた。そしてことを先へ進めようと、片方の眉を上げた。

「さあ」デービットはルーシーを箱のほうへ連れていった。「きみがこの役目をしたらいい。前と同じように」

ルーシーは一瞬黙って、ソフィーを見た。「コンカーは今日死んだりしないわよね？」

ソフィーはスカーフの端を引っぱった。「ええ」

「わかった」ルーシーは言った。そして屈むと、すばやく鍵を外した。

ひと飛びで、スニガーが飛び出してきた。こしょう色のしっぽをひょいひょいと二回振る間に小道を渡ると、輪になった黒い柵をくぐって、ぬかるんだ土手を弾むように下りはじめた。が、すぐにとまって、足をぐっと広げると、木を見上げた。しっぽが灰色の煙のようにひらひらと動いた。

ところがコンカーは、檻の奥で縮こまっていて、出てくる気配はなかった。

「檻をひっくり返して出そうか?」デービットはソフィーに言った。

「ドングリを投げてみて」ソフィーが言った。

ルーシーはドングリをひとつ、檻の前に転がしてみた。

ドングリがプラスティックにコツンとあたる音がすると、コンカーはピクッとした。でもまだ、出てくる気はないようだった。おまけに、競争相手が出現した。好奇心の強いリスが一匹、木の幹をスルスルと下りてきて、人間たちのほうにじりじりと近寄ってきたのだ。そして、怖がる様子もなくぴょんとデービットの足を跳び越えると、すばやく鼻を檻に突っこんだ。コンカーを見てびっくりした様子で鼻をヒクヒクさせたけれど、ドングリを見つけると、くるくると回して、その場で食べはじめた。

「もう一個」デービットが言った。

ルーシーは袋に手を突っこんだ。「ママ、あれはたぶんシューターよ」ルーシーは小声で言うと、ドングリを食べているリスに向かってうなずいた。

「スニガーのおばさんのメーベルってこともあるわ」リズは言った。「さあ、ドングリを投げてごらんなさい」

　ルーシーはひとつかみ取ると、小道に転がした。


　ルーシーはどんどんドングリを撒いた。スニガーと〝ジューター〟は二匹でドングリを拾った。二匹がせっせとドングリを土に埋めているあいだに、さらにリスが二匹やってきた。リズのうしろから出てきたリスは、リズのヒツジ革のコートのにおいをフンフンと嗅いだ。もう一匹の、つやのある毛に噴水のような尾をしたリスは（ルーシーは、チェリーに間違いないと言った）、すぐ近くまで寄ってきたので、ソフィーは直接手から餌をやった。にわかにそこいらじゅうから、リスが湧いて出てきたようだった。そしてその真ん中へ、コンカーが飛び出してきた。

　周りでくりひろげられている騒ぎにおどろいて、コンカーは慌てて近くにあった岩の陰に行くと、尻尾をぺたんとさせて縮こまった。

　デービットは心配そうにつま先をトントンと踏み鳴らした。

「心配しないで」ソフィーが言った。「今までたくさんの動物たちを自然に戻してきたけど、なじむのには時間がかかるものなの。まあ、あれを見て」

デービットはソフィーの視線を追った。とりわけ巨大なリスが、コンカーのいる岩のすぐうしろに生えている木の根元にいた。リスは、体の大きさに合わないすばやさで岩の上に飛び乗ると、興味深そうにコンカーを見下ろした。

「バーチウッドよ！」ルーシーが息を飲んだ。

「スニガーを噴水から追い払ったやつだ」デービットが言った。

バーチウッドが小道に飛び下りると、コンカーは警戒してチッチッと鳴いた。

「だめよ」ソフィーはデービットを押しとどめた。「手を出しちゃだめ。コンカーは自分で身を守る方法を学ばなければならないのよ」

「あいつから？」バーチウッドが身を乗り出してコンカーのしっぽのにおいを嗅ぐのを見て、デービットはこぶしを握りしめた。

「ソフィーの言うとおりよ」リズが言った。「いつも見ているわけにはいかないんだから」

そして、ルーシーをつついた。「バーチウッドにもドングリを投げてやったら？」

ルーシーは最後の一個を転がした。とたんにしまったと思った。ドングリは巨大なリスの横をころころと通り過ぎて、岩の下にはまりこんだのだ。コンカーのすぐ近くだった。

コンカーはなんだろうというように、頭をさげた。

「だめだ、取りに行くな」デービットは呟いた。バーチウッドが襲いかかるに違いない。そして、そのとおり、バーチウッドは襲いかかった。ただし、相手はコンカーではなかった。ほかのリスが、ドングリを横取りしようと忍び寄ってきていた。バーチウッドは、そのリスに襲いかかったのだ。

「ヒッ！」ルーシーは小さな悲鳴を上げた。バーチウッドが、リスを追いかけてルーシーの足のあいだをすり抜けたのだ。残されたリスたちは散り散りになって、林の中に逃げこんだ。

やがてバーチウッドは、勝ち誇ったように小道に戻ってきた。そしてまた岩の上に乗ると、コンカーにゆっくりとドングリを食べさせてやった。

「こんなこともあるのかしら」リズは写真を撮りながら言った。「コンカーは用心棒を見つけたようね」

「信じられない」デービットは壁の上に腰かけた。「ぼくはずっと、どうやったらバーチウッドを英雄にできるか、物語の筋書きを考えていたんだ。おかげでいいアイディアが浮かんだよ。今、目の前にコンピューターがあれば、バーチウッドの正体を書くのに」

「誰なの？」ルーシーが訊いた。

デービットは木立に向かって小枝をひょいと投げた。「コンカーのパパさ」

# やあ、グラッフェン

「ぜったい書いてよ」車に戻る間中、ルーシーはうるさく言い続けた。「第九章『コンカーの父親』。家に着いたら、すぐに書いていいから」

「そりゃ、どうもありがとう」デービットはそっけなく言った。

「ルーシー、やめなさい」母親が言った。そして、キーホルダーの真ん中のボタンを押して、車のロックをボン！　と開けた。

「どうしてバーチウッドはクレッセントに残らなかったんだろう?」ルーシーはしゃべり続けた。「どうして残って、コンカーをカラタクスから守ってやらなかったの?」

「それはわたしがわかるわ」ソフィーが手を上げた。「雄のリスは、いっさい子どもとは関わらないのよ。母リスが一匹で育てるの。あなたとおかあ……」

ソフィーは、決まり悪そうに黙りこくった。

「まあ、大変。ガソリンがほとんどないわ」なにも聞こえなかったように、リズが言った。でも、ルーシーはしっかり聞いていた。「ママとわたしみたいってこと?」

ソフィーは耳まで真っ赤になって、シートベルトをいじくった。

「また、人の心に〝敏感〟な姫さまがやってくれたわ」リズはため息をついた。「きっとバーチウッドは〝新人類〟パパなんでしょ。二十一世紀のリスなのよ」

デービットはカチリとシートベルトをはめて言った。「たぶんコンカーのにおいに覚えがあっただけなんじゃないかな。来週の今ごろは、ほかのリスと同じようにコンカーを追い回していると思うよ」

「来週も来るわ」ルーシーは顔を輝かせた。

「なんですって？」母親が言った。

「いいって言ったじゃない」

「いいえ、言ってません」

「いいえ、言いました。コンカーとバーチウッドが、アヒル池のほうに跳ねていって、わたしがママのコートにしがみついて泣きながら手を振って、デービットがソフィーの手を握ってたとき（ここでうしろの座席からごそごそと音がして、デービットとソフィーが、それぞれの窓のほうに身を寄せた）、また来れば会えるわ、って言ったもの」

「来週とは言ってないわ」

「フン。なら、こっそり戻ってきて、木の上に小屋を作って、一生住んでやるわ——木の上にね！」

「どうぞ。荷造りを手伝ってあげるわ」

「お願いするわ」ルーシーは腕を組んで、なおも言い続けた。「くれぐれもパジャマを忘れないでちょうだいね！」

＊

クレッセントに帰るあいだに、ルーシーは〝木の上の家〟計画にはあきて（テレビはもちろんない、とデービットはうけあった）、今度はソフィーを《龍のほら穴》に案内する約束のほうに全力を注ぎはじめた。

「わたしが案内するわ」ルーシーは家に入るなり、ソフィーの手を引っぱった。

「ルーシー、待ってちょうだい」リズが言った。そしてコートを脱ぐと、髪を直した。

ルーシーはいらいらしながら足踏みしていた。すでに、ソフィーと階段の途中まで上がっていた。

デービットはなにも言わずに、階段の下でためらっていた。帰りの車の中で、デービットは数々の〝龍にまつわる〟できごとについて、一心に考えていた。リズの目の色、ルーシーがグウェンドレンに似ていること、焼けるように熱いドアノブ、ガウェインの物語、たえず聞こえるハアーという音。屋根裏にウサギの檻を取りに行った日以来、龍たちの住みかには一度も足を踏み入れていない。三日前、ドアから《窯焼き中》の札が外された。ガウェインの進み具合を尋ねると、ルーシーは明るい陽気な調子で「よくなってるわ。わかるでしょ?」と答えた。でも誰も、中に入ってみたら、とは言わなかった。そして今、ようやくじっくりと観察するチャンスが訪れた。今度こそ、無駄にしてはいけない。

リズが「いいわよ」と言うと、ルーシーは跳びはねながら二階に上がっていった。そして、ソフィーと一緒に(無傷で)アトリエの中に消えた。リズもあとに続いた。デービットは入り口のところでぐずぐずしていた。そしてリズとルーシーが見ていないのを見計って、ドアノブを左右にひねってみた。

平温だ。

「まあ、すごい」ソフィーはとんがった作品の列に圧倒されて、思わず歓声をもらした。「これを見て。ほら、あれも。まあ、この赤ちゃん。卵からかえったところだわ」

ルーシーは母親のほうを振り向いた。「ソフィーにひとつあげちゃだめ?」

「ぜひ、お願いします」ソフィーは言った。「おいくらですか?」

「いやだわ」リズは手をひらひらさせた。「見て回ってみて。どれか、話しかけてくるのがいたら」

突然、部屋の奥からガツンという音がした。みんながいっせいに振り向くと、デービットがしゃがんで、頭のうしろをさすっていた。

「デービット、なにやっているの?」リズが言った。

デービットはやましさで真っ赤になった。「オーブンを探していたんです」なんて言って、リズが喜ぶとは思えなかった。「う、その、粘土で滑ったんです。立つとき、棚に頭をぶつけちゃって」

リズは粘土のねの字も見えない、ぴかぴかの床を見下ろした。そしてまた、ソフィーのほうを向いた。「今言ったとおり、好きなのを選んで。それを差し上げるわ」

「あそこにいる龍たちだけは、だめだけど」ルーシーはベンチを指さした。

ソフィーはパタパタと部屋の奥まで行って、ろくろの上にある龍をまじまじと見た。

「獰猛《どうもう》そうだわ」ソフィーは言った。

「ガウェインよ」ルーシーは誇らしげに言った。「先週、わたしが壊しちゃって、ちょうど直したところなの」

ソフィーはろくろを左右に少しずつ、動かしてみた。「直したなんてぜんぜんわからないわ」

本当にわからない、とデービットはソフィーの肩越しに覗きこみながら思った。リズの腕はすばらしかった。ガウェインは筋の走った翼を高く掲げ、かぎ爪を一本残らずとがった先までかっと開いて立っていた。むしろ、前よりも恐ろしげなくらいだ。ソフィーがろくろを元の位置に戻すと、ふいにうしろから夕日が後光のように差して、龍は光り輝いた。デービットは驚いて、そばの棚に飛び上がりそうになった。最初、本当に龍が燃え上がったのかと思ったのだ。なんてばかなんだろうとため息をつきながら、ふっと窓のほうに目をやると、台の上にベニヤ板が置いてあるのが見えた。粘土がくっついているようにも見える。あれが、窯の秘密か？　作品を太陽の光で焼いているとか？

「これは誰？」ソフィーは先へ進んで訊いた。

「グウィネヴィア」ルーシーが声を低くして言った。「ママの特別の龍よ」

「お祈りしているの？」ソフィーは指を立てて、グウィネヴィアの貞淑なポーズをまねした。

ルーシーは首を振って、ソフィーの耳に囁いた。

「火を燃やそうとしている？」ソフィーは聞き返した。

「なんだって？」デービットは驚いて振り返った。その拍子に作業台に膝をぶつけて、筆や棒の入ったビンをひっくり返した。

リズはビンを直すと言った。「デービット、行儀よくしてちょうだい。じゃないと、出てもらうことになるわよ」

「でもルーシーが、グウィネヴィアは火を燃やそうとしてるって」

ルーシーは、目を合わさないように母親の陰にかくれた。

「だって、龍ですもの」ソフィーが笑った。「決まってるじゃない」

「そのとおり」リズは言って、デービットに向かって眉をひそめた。そしてソフィーを別の棚に案内した。

デービットは残って、じろじろとグウィネヴィアを見た。龍の物語に出てくる赤毛の少女の姿を、実際に思い浮かべてみたことはなかった。どうして、龍に少女の名前をつけたのだろう。しかも、特別な龍に。デービットは像をじっと見つめた。

そして、中にエリザベス・ペニーケトルの姿を見た。

ふいに、車の中でのソフィーの失言が浮かんできた。グウィネヴィアがリズで、グウェンドレンがルーシーだとすると、つまりガウェインは……？　デービットは、荒々しい目をじっと覗きこんだ……

一秒、二秒、三秒、四……

龍が見える。

それだけだった。

「かわいいわ」ソフィーがふいに声をはり上げた。

部屋の反対側へ目をやると、ソフィーが天使のような翼と貝のような耳をした、かよわい感じの龍に手を伸ばしていた。そして棚から下ろすと一瞬、手をとめた。ソフィーはちょっと頭を傾げた。「こんにちは、誰かしら——うしろに隠れているのは？」

「ああ」リズは手を伸ばして、まだ若々しい感じの龍を棚の前まで引っぱりだした。「グラッフェンよ。申し訳ないんだけど、この子もおゆずりできないの」

グラッフェン。デービットの頭の中で火花が散った。

「本当だったら、この棚にいるはずじゃないのよ」リズは言った。「ルーシー、グラッフェンをちゃんとした場所に戻してくれる？」

ルーシーはグラッフェンをドアの脇の棚へ持っていった。「ここでじっとしてなさい。いたずらしないのよ」ルーシーはぶつぶつと呟いた。

「まあ、かわいそうに」ソフィーは笑った。「かわいい目だわ。うるうるしていて、仔犬みたい」

「なんだって？」デービットはうなった。どこか頭の片隅にあったおぼろげな記憶が、一気によみがえってきた。小さな鍵穴に縁取られるように見えた、紫の目をした泣き虫の龍。

デービットはつかつかと部屋を横ぎると、じろじろとグラッフェンを見た。

「今度はいったいなに？」リズが訊いた。

「彼だ」デービットはグラッフェンの顔を見て、あえぐように言った。「ガウェインが壊れたとき、おかしな夢を見たんだ。この部屋の番をしている龍の夢を。紫の目をしていて、グラッフェンそっくりだった」

「この子の目は緑よ」ソフィーが言った。

「ああ、だけど――あれ？　なんの上に立ってるんだ？」

「本よ」見ればわかるでしょ、というようにルーシーは言った。

グラッフェンは、ぜんぶ粘土でできたハードカバーの本の上にちょこんと座っていた。

「見た覚えがないな」デービットは言った。

「あるわけないわ。作ったばかりだもの」リズが言った。

デービットはグラッフェンをどけて、本をとった。「開けない」

ソフィーが耳元で囁いた。「開けないのは、粘土でできているからだと思うけど」そして貝殻の耳の龍を持ち上げた。「これをいただいてもいいですか？」

「この子は、話を聞く龍よ」ルーシーの顔が輝いた。「いろいろなことを聞いてもらえるわ。なんて名前にする？」

「お茶を飲みながら考えましょう」リズが言った。「ほら、デービット。あなたがお湯を沸かしてちょうだい」そして、想像力が活発すぎる人は困るとかなんとか、ぼそぼそと話しながら、ソフィーと一緒にアトリエを出ていった。

ルーシーは腕を組んで、デービットを待っていた。

「いつまでも隠しておくことはできないぞ」デービットは言って、グラッフェンをぽんと本の上に戻した。「ぼくはこの龍の夢を見たんだ。間違いない」そして、ハアーッとグラッフェンの顔に息を吐きかけた。

「そんなことしちゃだめよ」ルーシーは怒って言った。

デービットは鼻に親指をあててほかの指をひらひらさせると、うしろを向いた。するとうしろからやわらかなハアーという音が聞こえた。「わあ！」デービットは叫んで、首のうしろを押さえた。「なんだ？　なにか……熱いものが！」

「自業自得よ」ルーシーは言って、デービットを部屋から押し出した。「目に炎が燃えているときに、ふざけちゃだめ」

「炎？」デービットは振り返った。ルーシーは慌ててドアを閉めようとした。隙間はみるみる細くなって、あっというまにグラッフェンは見えなくなった。けれども、片方の目がきらりと紫色に光ったのを見るには、じゅうぶんだった。

# スパイ

ソフィーは龍に名前をつけた。「グレース」

「ぴったりね」リズが言った。

「いいわ」ルーシーが言った。

「魔法っぽくないな」デービットは文句を言った。

「ほっときなさい。機嫌が悪いのよ」リズが言った。

ソフィーはくるりと手首を返して、時計を見た。「もう行かなくちゃ。ごちそうさまでした。それにグレースもありがとうございます。今日は最高の日だったわ。リスのことで、お役に立ててよかった」

ルーシーはソフィーの腰に抱きついた。「また来てくれるわよね?」

「ええ、喜んで。コンカーのところに行くときは、一緒に連れていって。いいかしら?」

「あら、その前にお会いしたいわ」リズは言って、デービットの背中をつついた。

「え、なに? ああ、車まで送っていくよ」デービットは言った。

身が引きしまるような外の寒さの中に出ると、ソフィーが先に口を開いた。「アトリエではどうしたの？　ひどくおかしかったわ」そして車の屋根にグレースをのせると、鍵を探して鞄をごそごそとやった。

「この家では、なにかが起こってるんだ。奇妙で、この世のこととは思えないことが」

「夜中におかしな音がするとか？」

「音じゃなくて、うなり声だ」

ソフィーの口元が笑いたそうに引きつった。「デービット、家っていうのはそれぞれ音がするものよ。うちだってしょっちゅう、きしんだり、ゴトッとかバタッとか音がするもの」

「ああ、わかってる。それはふつうだ。でもこの家ではハアーッて音がするんだ。リズはセントラルヒーティングの音だって言うんだけど、暖房の吹き出し口はどこにもないんだ」

ソフィーは一瞬、考えて言った。「龍たちのいびきよ」

デービットはお手上げだというようにバンザイした。

「じゃあ、あなたはどう思うの？」ソフィーは笑いながら、鞄を助手席に放りこんだ。

「さあね」デービットはボンネットに寄りかかった。「だけど、なにか隠していることはたしかなんだ。釉薬を掛ける工程に関係してる。リズはいつも龍を作ってるけど、窯を持ってないんだ。オーブンがなくて、どうやって焼けると思う？」

「きっといらないのよ」ソフィーは肩をすくめて言った。「特別な種類の粘土を使っているとか？」

デービットは首を振った。「なにかの方法で、焼いているはずなんだ。ガウェインを直していたときも、アトリエのドアに《窯焼き中——入室禁止》って札が掛かってたもの。こっそり中の様子を見てやろうと思ってドアノブをつかんだら、やけどしたんだ」

「自業自得よ」ソフィーはとりすまして言った。「あなたの良心が入るなって警告したのよ」

「違う。グラッフェンだ。番をしてたんだよ。ぼくがドアノブを回そうとしたとき、ノブに火を吹きかけたんだ。たった今も、ぼくが息を吹きかけたら、グラッフェンはぼくの首を焼いたんだから。嘘だと思ったら、見てごらん。あとがあるはずだ」

ソフィーは顔をしかめて、首のうしろを見た。「エベレストくらいのほくろがあるだけよ」

「ほくろ？」デービットは手で触ってみた。

「ええ。これと、やけどしたような感じと間違えるかしら?」ソフィーがフッとほくろに息を吹きかけたので、デービットはたじろいだ。「きっとハアーの犯人はルーシーよ。ほら、うわさをすれば……」ソフィーが家のほうに首を傾げた。正面の部屋の窓のところに、ルーシーが立って、手を振りながらキスするまねをした。

デービットは舌を突き出した。

「ほら、やさしくしてあげて」ソフィーはたしなめるように言った。「ルーシーには、今あなたが必要なの。リスたちがいなくなって、静かな生活になったら、きっとさみしくなるわ。あなたもね」

デービットは腕を組んで、肩をすくめた。

「でも、あなたの物語があるわ」ソフィーは続けた。「それがあれば、きっとあなたたち二人も楽しい気持ちでいられる。『コンカーの父親』。次の章はそうなるんでしょ?」

「いいや」デービットはきっぱりした口調で言った。「こうなるのさ。『コンカーは図書館の公園にいって、一生幸せに暮らしました。ドングリかいじゅうも二度と小さな女の子に悩まされることはありませんでしたとさ、おしまい』。今夜書いて、明日ルーシーに渡すよ。そうしたら、〝ちゃんと〟終わるんだ。ルーシー風に言えばね」

ソフィーはにっこりして、車に乗りこみ、座席にあった空のポテトチップスの袋をうしろに放り投げた。「コンカーが長生きするといいんだけど。ルーシーくらいの年だったら、きっと図書館の公園でコンカーがいつまでも幸せに暮らしたってお話を読んだらうれしいと思うわ。たとえ、いつかは死ぬとわかっていても」

「そのことなら心配ないよ」デービットはうなるように言った。「必ずハッピーエンドにするよう、厳しく言い渡されてるから。規則第九十七条。龍を泣かすことなかれ」

「たしかに」ソフィーは言って、エンジンを掛けた。「涙は炎を消してしまうものね」

「もういいよ」デービットは舌打ちした。「きみも、あの二人と同じだ」

「それはどうも。家に帰って、ふくれてるからいいわ」

下宿人は顔をしかめて、唇を噛んだ。「本気じゃないよ。からかっただけだ。また来るよね？」

「もしかしたらね」ソフィーは言って、頬を向けた。

デービットは息を飲んだ。さようならのキスをしてということ？　デービットは急いでお祈りを唱えると、口をとがらせた……。

……が、まさにそのとき、ルーシーがドタドタと走り出てきた。「だめ！」

「おい、ルーシー！　なんだよ――？　痛い！」デービットは、車のドアに鼻をぶつけて、うめいた。

「グレースよ」ルーシーは大きな声で言って、指をさした。

「あっ！」ソフィーは驚いて叫んだ。「屋根にのせたままだわ！」

デービットはぶつぶつぼやきながら、グレースをつかんで下ろした。

ルーシーが受け取って、ソフィーに渡した。「エンジンがブルーンっていったのが、気に入らなかったのよ。置いていかれると思ったんだわ」

「まさか」ソフィーはヒュッと口笛を吹いた。「ありがとう、ルース」

「本当にありがとう、ルーシー」デービットも言った。「もう、中に入っていいよ」

「ここにいて、バイバイするわ」てこでも動かない様子で、ルーシーは言った。

「ケンカしないで」ソフィーは言った。「またすぐに会いに来るわね」そして二人に投げキスをすると、車をバックさせた。車は青い排気ガスを吐き出して、走り去った。

車がクレッセントを回って見えなくなると、ルーシーは腰を振りながらデービットに言った。「本気？　本当に今夜、スニガーのお話を終わりにしちゃうの？」

「たぶんね。ぼくは――あれ？　どうして今夜書き終えるって知ってるんだ？」

ルーシーの顔が郵便ポストくらい赤くなった。

「スパイしてたな」デービットはルーシーを責めた。「あの窓を開けておいたんだな。人の話を盗み聞きするもんじゃないぞ」

「してないわ！」

「嘘はだめだ。ますますまずいことになるだけだ」

ルーシーは怒って地団駄を踏んだ。「盗み聞きしたりしてないわ」

デービットはルーシーを睨むと、歩き去った。

「してないわ！」ルーシーは叫んだ。「ママに言わないで！」

デービットは指を左右に振った。「聞いてたはずだ。認めろ」

「わたしは聞いてないわ」ルーシーはもう一度言った。その目からは今にも涙が溢れ出しそうだった。ルーシーは道の横の石を蹴飛ばした。「グレースだもん」

# 最後のお話

罰として、デービットはその夜、物語を完成させるのをやめた。次の日も。その次の日も。そのまた次の日も。ルーシーがどんなに騒いでも、一文字も打たせることができなかった。ルーシーは、デービットなんて冷めたおかゆよりも大嫌いと言った。デービットは、嘘ばかりついていると今に鼻が伸びるぞ、それでおかゆをかき回してやる、と言い返した。ルーシーは、お話を破ってゴミ箱に捨ててやる、と言った。デービットは、どうぞご自由に、どうせコンピューターに入ってるんだから、と言い返した。

事態を好転させたのは、ソフィーからの電話だった。

「いじわるするのはやめなさいよ」事情を知ると、ソフィーは言った。「窓が開いていた記憶はないわ。聞こえるわけないじゃない。書いてあげなさいよ。じゃないと、グラッフエンにやっつけてもらうわよ」

デービットの首のうしろの毛が逆立った。

デービットは、ケンカを終わらせることにした。

次の日の夕方、デービットがソファーに寝ころんでテレビを見ていると、ルーシーがそっと部屋に入ってきた。パジャマとガウンを着ていた。

「枕の下で見つけたの」ルーシーは二枚の紙をぴらぴらと振った。

「あれ、リスの妖精はすばやいな」デービットは言った。（ルーシーはその日、歯医者さんに行っていた）

「読んだわ」

「みたいだね。どうだった？」

ルーシーはすり足で寄ってきて、どさりとイスに座った。「続きはいつやるの？」

デービットはじろりとルーシーを見た。「続きはないんだ。あれが最後の二ページだよ」

「これで終わりってこと？」ルーシーは紙を掲げて、読みはじめた。「その週、図書館の公園は、ドングリかいじゅうの話で持ちきりでした」

「ルー、シー」

「スニガーはあまりに何度も話したので、しまいには誰に話して、誰に話していないのか、わからなくなりました。巣を作らなければならないリスたちのなかには、いらいらしてじろりと睨みつける者もおりました」

デービットはテレビのボリュームを上げた。

ルーシーは声のボリュームを上げた。「スニガーは、こんなにたくさんの建築工事が行われているのは、はじめて見たと思いました。でもそのおかげで、急いでコンカーに寝るところを探してやらなければならないことを思い出しました。そこで、リングテイルとバーチウッドと力を合わせて、コンカーの新しい家にぴったりの場所を探しはじめました」

「ルーシー、もうやめだ。自分で書いたんだからわかってるよ」

「コンカーがうまく木に登れないことを考えて、スニガーたちはトネリコの木にあいた洞《うろ》がいいと言いました。その横には二本の金属製の足のついた立て札があって、斜めになった木の柱で支えられていました。その支柱は、木に登るのにおあつらえ向きでした。コンカーは、落ちる心配もなく、あっというまに自分の家の洞まで上がることができました」

「聞いてないよ」

「こうして小さなリスは真新しい家で、いつまでも楽しく幸せに暮らしました。おしまい」

「ごくろうさん。もうサッカーを見ていいかい？」

ルーシーはリモコンを取って、音を消した。

デービットは、ひどく冷たい目つきでルーシーを見た。「その終わりのなにがいけないんだい？」

「あまり面白くないわ。でしょ？」

「面白くしようとしたんじゃない。幸せにしようとしたんだ」

「だけどなにも起きないじゃない。いきなり終わっちゃう」

デービットは両手を上げた。「ほかに書くことがないんだ」

「あるわよ」ルーシーは言って、目を見開いた。「公園でのコンカーの冒険を書けばいいじゃない！」

「無理だね」デービットは鼻を鳴らした。「まったく別の本になる」

「それよ！」

「だめだ！　ひとつでじゅうぶんだ」

今度ばかりは、ルーシーもデービットが本気だとわかった。「わかったわ。なら、これをちゃんと終わらせて。ガズークスに訊けば、どうすればいいか教えてくれるわ」

「ぼくは一人で書けます」

ルーシーは疑いの目を向けた。

デービットはうめいて、原稿をひったくった。「わかったよ。あのいまいましい龍に訊けばいいんだろ！」

次の日曜日の午後、デービットは仕事に取りかかった。「よし」デービットはコンピュータの電源を入れながら言った。「さあ、いよいよだ。最後の話だぞ」デービットは画面がつくのを待っているあいだ、ガズークスをつかんでいた。「鉛筆を削って、ノートを開いて。一緒に、今日終わらせるんだ」

ガズークスは黙って鉛筆の端を嚙んでいた。

「いや、だめだ」デービットは言って、ガズークスをぽんと置いた。「自分でやる。ルーシーに見せてやるんだ」

そして、キーボードを打ちはじめた。

そして、消した。

そして、打った。

削除した。

ぶつぶつ言った。

マウスをいじくった。

さらにぶつぶつ言った。

十五分たっても短い文章ひとつ書けなかった。デービットは立ち上がって、部屋を歩き回った。

「ばかな」デービットはうめいて、いらいらして髪をくしゃくしゃにした。「幸せで、もっともらしい終わりにしたいだけなのに」それから大きなため息をついて、窓から庭を眺めた。なにもない芝生の上を影が流れていく。図書館では、実際はなにが起こっているんだろう？　デービットは目を閉じて、思い浮かべようとした。するとたのみもしないのに、ガズークスはノートに言葉を書きつけた。

# 九

まるで書くのが大変だというように、その文字はゆっくりと現れた。

「九？」デービットは尋ねた。「第九章ってことはないな。もう書いたから」そして一本指で、その文字を打ってみた。

き・・・ゅ・・・・う九

それに、もうひとつの言葉をくっつけた……かね。

九回の鐘。不吉な知らせだ。

じわじわと不安がおし寄せてきた。ガズークスが言おうとしていることがわかったのだ。デービットはうろたえて、イスの背に寄りかかってじっと天井を見た。「だめだ」デービットは囁いた。「それは書けない」そして龍の前で手を振った。「だめだ、それだけはだめだ」

そのとき、ソフィーが部屋に入ってきた。「わたしよ」ソフィーは言って、そっとドアを叩いた。デービットの肩を指がトントンと歩いてきて、頭のてっぺんに羽のように軽いキスがひとつ、降ってきた。「ちょっと早く着いちゃったわ。バスに乗らなきゃならなかったから」そしてちらりと画面を見た。「九回の鐘？　不気味ね」

デービットはコンピューターの電源を切った。

「あら、いいわよ」ソフィーはデービットをつついた。「なにかしている最中だったなら、続けて。わたしはリズとお茶を飲んでくるわ。あなたと龍のあいだを邪魔したくないの」

「書きたい気分じゃないんだ」デービットはぼそっと言った。

「ああ、かわいそうなズーキー」ソフィーは笑顔を作ってみせた。「すっかりしょんぼりして見えるわ」

「ソフィー、それは陶器だ」デービットはぴしゃりと言った。「違って見えるわけがない」

「わかったわよ、クマさん。ご機嫌のいいときに、また来るわ」

「待って。ごめん」デービットはソフィーの腕をつかんだ。「物語を書くのに、いくつかうまくいかないことがあるんだ。それだけなんだよ。それに頭もちょっと痛いし。散歩しない？　新鮮な空気を吸えばよくなる」

ソフィーはうなずいた。「いいわ。どこへ行く？」

デービットは頭を上げて、窓の外を眺めた。「図書館の公園はどう？」

# リス探しゲーム

「いいわ、みんなで行きましょ」ソフィーは言った。

「え？」

「公園よ。みんなで。ずっと前にルーシーと約束したの。わたしたちが誘わないで行ったって知ったら、ひどくがっかりするわ」

「だけど——？」

ソフィーはぱっと立ち上がって、ドアのほうへ歩きながら言った。「リズにも訊いてくるわ。楽しそう。また公園へ行って、コンカーを探すなんて。そのつもりだったんでしょ？」

三十分後、四人は図書館の敷地の中を歩いていた。リズが言った。「気のせい？　それとも、誰か薬を舐めてる？」

「デービットがちょっと調子が悪いんです」ソフィーが言った。

「頭痛がして、喉もちょっと痛いんだ」デービットが言った。

「龍ぼうそうね」ルーシーが診断を下した。

「なに？」ソフィーが言った。

「くしゃみと鼻水が出るのをそう言っているのよ」リズは言って、ちらりとデービットを見た。デービットは舌打ちして、林のほうに目をそらした。

「ほっときましょ。ゲームしたいの」ルーシーはポケットからミックスナッツの袋を引っぱりだした。「リス探しゲームっていうの。ルールは、最初にリスを見つけた人が餌をやっていいのよ。ピーナッツを」

「もし木のてっぺんにいたらどうするわけ？」母親が言った。

「もちろん、下りてくるまで待つのよ。それと、もし誰かがリスのいそうな場所を考えて、あたったら、その人も餌をあげていいの。そのときは……このごつごつしたのはなんだっけ？」

「クルミ」リズが答えた。「さ、急いで。じっと立ってると寒いわ」

ソフィーは手袋をはめた手をパンと叩くと、言った。「コンカーを放してやった壁のところ！」

「まだ番じゃないわ」ルーシーは顔をしかめた。「わたしが考えたゲームなんだから、わたしからはじめるの。えーと、コンカーを放してやった壁のところ！」

そしてぱっと向きを変えて、小道を駆けていった。

三十秒後に、大人たちも追いついた。ルーシーは壁の上に座って、足をぶらぶらさせていた。

「あたった？」ソフィーが訊いた。

「ううん」ちょっと暗い声が返ってきた。「ソフィーが言わなければ、ここにしなかったのに」

ソフィーは笑って、肩にスカーフをはおった。「わかったわ。わたしの分をやっていいわよ」

「うん！」ルーシーはぴょんと飛び下りた。おさげがコートのフードにあたって、はね返った。ルーシーは靴下を上げて、目を細めてじっと見た。「願いの噴水！」

「そこまで競争よ」ソフィーが言った。そして二人は林を抜ける道を飛ぶように走りはじめた。ルーシーは走りながら、きゃあきゃあ悲鳴を上げていた。

「すばらしい体力ね」リズが言った。そしてデービットの腕に自分の腕を通すと、ぐいと引き寄せた。「いつから喉が痛いの？」

「なんでもないんです。大丈夫ですから」

「わかったわ。だけどひどく静かなんだもの。まるでいないみたいよ」

デービットは肩をすくめて、顔を背けた。「またここに来て、ちょっとおかしな気がするだけです」

リズが意見を言う前に、ルーシーが叫ぶのが聞こえた。「ママ！　ママ！　来て！　早く！」

「見つけたみたいだな」デービットは言った。そしてリズの腕から離れると、リズがとめるまもなく急いで走っていった。

あいにく、ルーシーはリスを見たのではなかった。トチの木を見つけたのだ。デービットは、ルーシーのところまでトチの実の海を渡っていかなければならなかった。

「見て」ルーシーの手のひらに、とげのついた緑色の実がのっていた。ルーシーは親指の爪を割れ目に入れると、殻をこじあけた。中から、宝石のようにきらきらと輝く茶色の実が出てきた。「これをコンカーにあげようっと」

「あげても、吐き出してしまうわ。トチの実はリスには毒なの」ソフィーが言った。

デービットはぎくっとして、目を閉じた。

「どうしたの？」デービットが震えているのに気づいて、ソフィーが訊いた。ソフィーは手袋をはずすと、おでこに手をあてた。「熱いわ。熱があるんじゃないかしら」

「龍ぼうそうになると、熱くなるのよ。機嫌も悪くなるしね。そうでしょ、ママ？」

「龍ぼうそうなんかじゃない」デービットはぶっきらぼうに言って、リズが来る前にぷいと歩きはじめた。「噴水に行くんだろう？」

ソフィーはデービットに追いつくと、あばら骨のあたりをつついた。「ねえ、なに怒ってるの？　ここに来たいって言ったのはあなたでしょ？」

「ごめん」デービットは小声で言って、ソフィーの耳に囁いた。「なにか変な感じがするんだ。ここでは話せない」デービットは雲を払おうとするように、頭を振った。「スニガーが噴水にいるか見に行こう」

けれども、噴水のそばにスニガーはいなかった。

四人は噴水の縁に座って、ずっと待っていた。

ルーシーはお祈りした。

ソフィーがもう一度祈った。

リズはお茶の入った魔法ビンとビスケットを出した。けれども、ブナの木の根元にビスケットのかけらをたっぷりまいても、一匹のリスすら誘い出すことはできなかった。

野外音楽堂でも同じだった。

オークの大木でも。

「いったいどこにいるの？」ルーシーは、大人たちと一緒に木を囲んでいるベンチに座ると、なげいた。

「ぼくたちは、いつだって別れられるんだ」デービットが言った。

「別れる？」ルーシーが聞き返した。「デービットはなんのことを言ってるの？」

「わたしにもわからないわ」ソフィーはわけがわからないというようにデービットを見た。

「二人になりたいってこと？」リズが訊いた。

「違います」ソフィーがかっとして言った。「みんなでここに来たんだから、みんなで一緒にいましょう。いったい今日のデービットはどうしちゃったの？　面白くなくて、退屈で、暗いわ」そして、ぱっとデービットの腕を放すと、手を自分のコートのポケットに突っこんだ。

デービットはなんとかごまかそうとした。「ただ、分かれて探したら、そっちのほうが見つけやすいと思っただけなんだ」

「だけど、それじゃ、ゲームにならないわ」ルーシーが言った。

「そうよ、そのとおりだわ」ソフィーが言った。「次は誰の番？」

「デービットよ」

ソフィーはため息を飲みこんだ。「どう？　どこだと思う？」

デービットはコートのボタンをいじくった。「わかるわけない。どこにいたっておかしくないんだ」

「帰りましょうか」リズが言った。

「だめよ」ソフィーが言った。「デービットが一緒にゲームをやるまで」そして、じっとデービットを睨みつけた。

「わかったよ」そう言って、デービットは目を覆った。「そうだな……」どこだろう？

デービットは考えた。すると、ガズークスがノートに書くのが見えた。

ジョージ

あっちへいけ。デービットはうなって、こぶしを握りしめた。ほっといてくれ。わかったな？　ガズークスはカタンと鉛筆を落とすと、ゆっくりと去っていった。それでも、デービットは思わず言っていた。「……庭師の小屋」

「それよ！」ルーシーは叫んで、ソフィーの前に回りこんだ。「リスたちは、ときどき庭師のサンドイッチをちょうだいしてるのよ！」

「なるほど。わたしたちのナッツなんか欲しがらないのもとうぜんね」ソフィーは立ち上がって、デービットにさっと葉をはじき飛ばした。「行きましょ、ひねくれやさん。あなたが案内役よ」

デービットはアヒル池まで戻った。池にそってぐるりと回ると、柳並木を抜け、水鳥たちのフンでぬるぬるしたところを通って、針葉樹の苗のあいだを上がり、また平らなところへ出た。

御影石でできた指のようにそびえ立つ記念碑の横を通ったとき、図書館の時計の鐘が鳴りはじめた。

デービットはゆっくりと、九回数えた。デービットが立ち止まっているあいだに、ほかの人たちは先へ歩いていった。

目の前に、庭師の小屋が見えてきた。腰くらいの高さのイボタの生垣に囲まれた、狭い空き地にひっそりと建っていて、裏に切った枝が重ねてある。ルーシーが手押し車の底をこつこつと叩いているあいだに、デービットはこっそりその枝のほうへ行った。音を聞いて庭師が出てきた。

「こんにちは、ペニーケトル夫人、でしたね？」ジョージはぶつぶつと言った。

「こんにちは、ジョージ」リズはジョージと握手した。「おひさしぶりね。奥さんはお元気？」

「あなたから買った龍の埃を払ってますよ。マントルピースのてっぺんに飾ってね。なんの御用です？」

「娘のルーシーよ」リズはルーシーの肩をつかんで、前に出した。「それから友だちのソフィー。あとデービット、うちの下宿人なの。今、ちょっと姿が見えないけど。リスを見に来たんだけれど、今日はあまりいないようね」

「そこいらじゅうにいますよ」ジョージは冷ややかに言った。「昨日一日中、おれのバラを掘り返しやがったんだ。今朝も、あのでっけえトチの木のそばで一匹見かけたばかりですさ」

「そこなら行ったわ」ルーシーは言った。

「一匹も見ませんでした」ソフィーが言った。

　ジョージはひげの生えた顎を撫でた。「ああ、そうだろうね。おれの見たリスはもうあそこにはいねえからな」

「どうしてわかるの？」ルーシーが訊いた。

　ジョージは頭をうしろに傾げた。「ほんの二時間ほど前に、あそこに捨てたのさ。あのてっぺんだ。若いもんがひっかき回してるあたりさ」

ソフィーははっとして、不安げにデービットのほうを見た。

枝の横で、デービットが顔を上げた。目は大きく見開かれ、顔は真っ青だ。そしてゆっくりと両手を見えるように差し出した。その上に、硬くなった灰色の体が横たわっていた。

コンカーだった。

小さなリスは死んだのだ。

# 自然の摂理

ルーシーはぶるぶると震え、下唇がわなないた。

「なんてこと」リズはルーシーを抱き寄せた。

「死んだ」ルーシーは泣きながら叫んだ。「コンカーが死んだ」

デービットは折り曲げたひじの内側にコンカーをのせると、しっぽについていた種を取ってやった。

「しぃ！」リズはやさしく言うと、ルーシーをぎゅっと抱きしめた。「いつかはそうなるってわかってたでしょ。コンカーは病気だって」

「でも、どうして今日じゃなくちゃいけないの？」

「なんだ？」ジョージはちょっとうろたえたように言った。「なにかえらいことをしちまったみてえだな。すみません、ペニーケトルさん。こいつを知っていたんですかい？」

「ええ」ソフィーが先に答えた。そしてポケットから財布をとって、カードを出した。

「野生動物病院でボランティアをしている者です。ハイイロリスの都市部から森林部への移住を追跡するプロジェクトに関わっています。森林部というより公園、いえ、図書館ですね。こちらは、お手伝いをしてくださっている方々です。このリスは、もとはこの方たちの庭に住んでいたんです」

ジョージの顔に、さらにしわが加わった。「ペットみたいなもんだったってことかい？」

「ええ」ソフィーは必死で涙を押さえながら言った。

「わあぁ！」ルーシーが大声で泣いた。

ジョージは首を振って、帽子をうしろにずらした。「あんたには会ったことがあるよな？」と、デービットに向かって言った。

デービットはうなずいた。「前に、リスのことを訊きに来たんです。ここに埋めてやってもいいですか、ディグウェルさん？　この庭に？　どこか……このあたりに？」

リズはジョージに悲しげな目を向けた。

「かんにんしてくれ」ジョージは言って、ひょいと小屋に入っていった。しばらくすると、スコップで手のひらを叩きながら出てきた。「役に立つかはわからんが、聞いてくれ。この公園で動物が死ぬのを何度も見てきた。それを見て、こんなふうに思ってきた……」

リズは、ルーシーをジョージのほうに向かせた。

「このこそどろどもは……」そう言ってジョージはコンカーのほうへ顎をしゃくった。

「手あたりしだいになんでも食いやがる。ほとんどは空き地にあるオークの実だ。あのでかい木に、養ってもらってるわけだ。だがもちろん、木のほうだって食いものが必要だ。地面から栄養をとらなきゃなんねえ」ここで、ジョージはやさしくルーシーの顔を覗きこんだ。「もちろん、うれしくはない。おまえさんのリスが死んで土に埋められていると思うのはな。だが、その体は木が生きるのに役立つんだ。だから、ここに埋めるのが正しいと思う。そんなふうにして、仲間にお返しするのさ。地面からとったもんは、地面に返す。それが自然の摂理ってもんだ」

リズはルーシーのおでこに手をあてた。「わかったと思うわ。ね？」

「うん」ルーシーは小さなかすれた声で答えた。

「そうか。じゃあ、おれはそろそろ行かねえと」ジョージは言った。そしてリズにうなずいてみせると、帽子をぐっとかぶって、スコップをデービットに渡した。「ほら、これがいるだろ？　どっか、こいつが役立てるところに埋めてやんな」

ソフィーの提案で、四人はコンカーをトチの木のところまで運んでいった。デービットは、木のうしろの、土が乾いていて掘りやすいところにコンカーを横たえた。そして、スコップの先でコンカーの体の周りに線を引くと、コンカーをどけて、そこを掘りはじめた。

ルーシーはコンカーを撫でながら、ずっと話しかけていた。コンカーを愛していたし、これからも愛し続けるわ、とルーシーは言った。それから、ウェイワード・クレッセントの庭のこと、オークの木が伐られたこと、デービットが来たこと、屋根の上の巣、ベーコンさんのネズミ捕り器、カラタクスのかぎ爪、デービットが書いている《スニガーとドングリかいじゅう》の話（今までで最高の誕生日プレゼントだった、とルーシーは言った）、そして、コンカーがいなくなってどんなにみんなが、特にスニガーが、さみしがるかを話した。ルーシーの言葉に合わせるように、デービットは褐色の土をすくっては掘り続けた。そしてひじくらいの深さまで掘ると、脇のでこぼこをならしてまっすぐにした。終わると、デービットはスコップを置いて、軽くあえぎながら足を折りまげて座った。

「それから？」ルーシーが訊いた。

デービットはルーシーの大きな緑色の目を覗きこんだ。「コンカーを寝かせてやらないと」そして、コンカーを取り上げ、そろそろと落とさないように穴の中へ入れた。

緑の葉が一枚、ひらひらと穴の中に落ちた。

デービットは立ち上がって、コートをはたいた。土がぱらぱらと小さななだれのように降りそそいだ。

ソフィーはティッシュをくしゃくしゃにして、伸ばし、またくしゃくしゃにした。

ルーシーはまた泣きはじめた。

「悲しまないの」リズが言った。「ほら、きれいで幸せそうだわ」

コンカーのほっそりした灰色の体は、小さな虹のようにお墓の中でまるくなっていた。

「なにかに襲われたわけじゃない？」ルーシーはしゃくり上げながら訊いた。

「そうじゃないと思う」デービットは静かに言った。

ルーシーはひざまずいた。そして指にキスをすると、そっとコンカーの目の上の傷に触れた。「まるで眠っているみたい――ね、ママ？」

「ええ。気持ちよさそうだわ」リズが言った。

デービットの青い目が涙でかすんだ。デービットは庭師の貸してくれたスコップをつかむと、親指でていねいに土を落とした。

「さあ、みんなで埋めてやりましょう」リズは言って、しゃがむと、土を手ですくってぱらぱらとお墓の中に落とした。

ソフィーもしゃがんで、一緒に土をかぶせはじめた。「さようなら、コンカー。あなたのかたわらで、この木がどんどん大きく、強くなって、それを見る人たちみんなに幸せと喜びをもたらしますように」ソフィーはルーシーの手をぎゅっと握った。ルーシーも土を投げ入れた。

だんだんと穴は埋まり、とうとうコンカーの姿はほとんど隠れて、見えるのは顔だけになった。ルーシーはこれ以上続けられなくて、手を止めた。そしてソフィーと二人で、デービットのほうを見た。

デービットはちょうどいい土のかたまりを見つけると、手の中でゆっくりとくずした。そして最後のお別れの言葉を呟くと、コンカーの上に手を持っていった。指のあいだから、乾いた土が少しずつ落ちた。パラ、パラ……。塵から塵へ。デービットはブルッと震えて目を閉じた。そして目を開けると、コンカーは見えなくなっていた。

それからあとは、ルーシーが引きついだ。ルーシーはソフィーに手伝ってもらって、残った土をお墓にかぶせ、手袋を外して、手で平らにならした。ルーシーたちがその上をワラビでおおいはじめると、リズはそっとその場を離れてデービットのそばへ行った。デービットは一人で低いレンガ塀の上に座って、枯れ葉をくるくると回していた。

「大丈夫?」リズは囁いて、デービットの腕をさすった。

「あんまり大丈夫じゃありません」デービットの声は、失意でかすかに震えていた。「ハッピーエンドにしたかっただけなのに。どうすればいいか、わからなくなってしまった」

リズは腰を下ろして、デービットの手に自分の手を重ねた。「泣きたければ泣いていいのよ。それがはじまりになるんだから」

デービットは歯を食いしばって、顔を背けた。

「誰も軟弱だなんて思わないわ。がまんしてたってだめなのよ。きっとガズークスは……」

「ガズークスのことなんてどうでもいい！」デービットはいきなり立ち上がって、ぱっと手を放した。「あなたのくだらない龍の話はたくさんだ！」そしてスコップを振り上げると、うしろを向いた。「庭師に返してきますから！」

「どうしたの？」ソフィーが慌ててルーシーとやってきた。「なんの騒ぎ？　デービットはどこへ行ったんですか？　デービット、戻ってきて！」ソフィーはあとを追いかけていった。

ルーシーは心配そうに母親を見た。「龍のことをなんて言っていたの？」

リズはポケットからティッシュを出すと、ルーシーの手をできるだけきれいにしてやった。「コンカーのことでショックを受けてるのよ。龍のことでも混乱してる。ガズークスとケンカしたんだと思うわ」

ルーシーは驚いて口を開けた。「ガズークスが、炎の涙を流すようなことにならないわよね？」

リズは、ルーシーの前髪をすいて泥を落としてやった。「ガズークスはまだ若くて誇り高い龍よ。ちょっとやそっと怒鳴ったからって、炎は消せないわ」

「だけど、ママ、もしデービットがガズークスを愛してなかったら？」

「愛してるわよ」リズは安心させるように言うと、ルーシーの顔を拭いた。「それをデービット自身にわからせてやらないと。それだけよ」

ルーシーはびっくりして、目を大きく見開いた。「デービットに言うつもり？　その……？」

「知る必要があることだけをね」リズはルーシーの鼻先に触れた。「あとは、自分で想像すればいいわ。なにしろ、物語を書く名人なんだから。ね？」

# 戻ってきたデービット

デービットが帰ってきたのは、六時十分だった。公園で怒りを爆発させてから、三時間が過ぎていた。ガタガタと震え、髪から水が滴り、ジーンズのすそは泥はねだらけで、水浸しになった靴から、出迎えに来たボニントンに水がはね飛んだ。厚地のコートを掛けようとしたけれど、すぐに落ちてしまった。もう一度掛けようとしたとき、ものすごいくしゃみをしたので、鏡の半分が鼻水だらけになった。そのときには、リズは居間の入り口まで出てきて、腕を組んで足踏みをしていた。

リズはデービットにはなにも言わずに、様子を見に下りてきたルーシーに向かって「タオル」とだけ言った。

ルーシーはなにも質問しないで、くるりと回れ右すると、タオルを取りに行った。

デービットがおでこにへばりついた髪をはねのけると、水が小さな川のように鼻の脇を流れ落ちた。「散歩に行ってたんです」デービットはびくびくしながら言った。

「その様子だと、どうやら洗車機の中を通ったみたいね」リズは無感動に言った。

ルーシーが大きなバスタオルを持って戻ってきた。デービットがタオルを受け取ると、リズはうむを言わせぬ口調で言った。「髪を拭いて。濡れたものはぜんぶ脱ぐ。服を着て、毛布にくるまる。ゆっくりと体を温めて。飲み物を作るわ」そして台所へ入って、湯沸かしの電源を入れた。

デービットは、言い争っても仕方がないことがわかっていたので、髪を拭きながら、ピシャピシャと水を跳ねとばして部屋のほうに歩いていった。

「ソフィーに電話する？」ルーシーが母親に向かって叫んだ。

デービットははっと動きをとめて、かわるがわるに二人を見た。

「わたしたちが送っていったの」リズが言った。それからルーシーに向かって叫んだ。

「帰ってきたって電話してあげて。あと、もう三十分おきに電話してこなくていいって」

そして責めるような目でデービットを見た。

デービットはブルッと震えて、部屋に入った。

それからすぐに、リズが飲み物を持って入ってきた。果物の香りのする湯気が立っている。リズは机の上にマグをのせると、カーテンを半分閉め、部屋を薄暗くした。デービットは言われたとおり、ウィンストンを抱いて毛布に潜っていた。その足元に、ボニントンが丸くなっていた。

「ひどく怒ってます?」デービットは訊いた。

リズはベッドに腰かけて、手を膝にのせた。「心配してたってほうがあたってるわ。季節がいいときでもびしょ濡れになるのはよくないのに、具合が悪くて、おまけに気が動転してるときに……」

「びしょ濡れになったことを言ってるんじゃないんです。公園で言ったことです。すみません。あんなふうに怒鳴ったりするべきじゃなかった」

「起きて」リズは言った。「飲みなさい。蜂蜜レモンよ。頭をすっきりさせてくれるわ」

デービットはよろよろと起き上がった。それから両手でカップを持って、数口すすった。

「あなたはときどき、ばかなことをするわ」リズはやさしく言った。「どうしてあんなふうにどんどん歩いていっちゃったの?　行かないで、話せばよかったのに」

デービットは首を振った。「わかりません。ただそうなっちゃったんです」そしてマグを置くと、枕に寄りかかって頭をゴンと壁にぶつけた。「コンカーを埋めたとき、頭の中はごちゃごちゃだった。悲しいのとつらいのがいっぺんにやってきて。ルーシーとぼくがあれだけやったあとで、死んでしまうなんて、間違っているとしか思えなかった。すべてが無駄だったような気がしたんです」

リズはスカートのしわを伸ばすと、言った。「だけど、どれだけのことをやり遂げたかわかっているでしょう？　ルーシーの生活に喜びと冒険をもたらした。そして、あの図書館の公園にも」

「それでもコンカーは死んだ」

「違うわ。コンカーはあなたの物語の中で生き続けている。それがいちばんすばらしいことよ。コンカーは、あなたが自分で持っていると気づいていなかったものに気づかせてくれた」

「ええ、ぼくには物語を書く才能がないってことをね」デービットはウィンストンを殴った。古いクマはヒツジのようにメエエと鳴いた。「ルーシーにどうしてあげたらいいんだろう？　どうやって物語をハッピーエンドにできるんだろう。つまり……」

「真実を曲げずに？」

　デービットはため息をついて、親指でウィンストンの耳をなぞった。「それを考えながら、ずっと公園にいたんです。そしたらいつのまにか、またガズークスに相談しようとしていた。結局ね。だけど、出てくるたびに、ガズークスの様子がおかしいんです。うなだれて、しっぽも……そう、だらんと垂れていて。ノートのページははがれているんです。ガズークスはどこですか？」デービットはハムスターのようにきょろきょろ周りを見回した。鉛筆をかじっている龍はどこにもいなかった。

「ルーシーが二階に持っていったの」

「どうして？」デービットはうろたえた声で訊いた。

「ああ、ほら、子どもっていうのがどんなか、知ってるでしょ。きっとかわいそうに思ったのよ。ばかな龍とかなんとか言われて」

「泣いてるんですね？」デービットは、鼻をすする音が聞こえると思っているみたいに頭をもたげた。「泣かしてしまったんだ。物語をハッピーエンドにしなかったから」

驚いたことに、リズは首を振った。「ガズークスは作家の才能ゼロの龍ってことになるわ。最初にお涙ちょうだいの物語を書かせて、炎を消してしまうんだったら」

「消す？」デービットはじっとリズを見た。

「龍っていうのは、あなたやわたしとは違うの。彼らの涙は、内側に流れ落ちるの」

下宿人の顔がさっと青ざめた。「ソフィーが言っていたとおりだってことですか？　泣いたら、炎が消えてしまう……？」

「ええ」リズは答えた。「炎が消えると、龍たちは深く暗い眠りに入ってしまう。すぐにもう一度燃やしてやらなければ……」

「だめだ！」デービットは毛布をつかんで起き上がった。

リズは腕を組んだまま、身動きせずに座っていた。「ガズークスはあなたに拒否されたから泣いているの。デービット、あなたが彼を愛していれば、炎は燃え続ける。覚えているわよね？」

下宿人の目が希望に輝いた。「だけど、本当に愛しているんです。心の底から。どこにいるんです？　ガズークスに会わなきゃ」

そのときルーシーが滑るように部屋に入ってきた。「ソフィーが明日来るって」ルーシーは報告した。「デービットのことをよろしくお願いしますだって。ハア！」

「ガズークスを助ける方法を教えてください。あの話に関係してるんでしょう？　世界最後の龍の物語に？　ガウェインが壊れたときルーシーに話しているのを聞いたんです。川に水を飲みに来たガウェインに、グウィネヴィアは歌を歌った。子守唄のような歌を」

「グウィネヴィアの歌よ」リズはぞくっとするような声で言った。ルーシーが小さな声でハミングしはじめた。「龍伝説の中心へ辿りつく鍵。想像する用意はできた？　デービット」

「はい」デービットは言って、顎まで毛布を引っぱり上げた。そしてルーシーのハミングに身を任せ、そっと横になって目を閉じ、昔へと戻っていった。炎を吹く生き物たちや、ほら穴にすむ人間がいた、遠い昔へ。

「いいわ」リズは言った。「あなただけなの。あなただけがガズークスの炎を再び燃やすことができる。よく聞いて、デービット。まだ間に合うかもしれない……」

# 炎の涙

つぼみが開くように、リズは手を開いた。

グウィネヴィアの歌はガウェインの太古の心にも届きました。ガウェインの心は躍り、炎の勢いは弱まりました。突然、ガウェインは大声で吼え、頭を振り上げると、あっというまに凍てつく大空へ飛び立ちました。力強い翼を打ち下ろすと、葉や塵が舞い上がって渦を巻き、巨大な影が谷を覆いつくしました。山の頂の氷が粉々に砕け、おそれた村人たちはほら穴の中で縮こまりました。グウィネヴィアは死んだに違いない、と村人たちは思いました。けれども、もう一度顔を上げると、赤い髪の少女はまだ川岸に立っていました。龍は飛び去りましたが、彼がいたというしるしがその足元に残っていました。それは太陽の光を受けて、うねるような緑色の輝きを放ちました。

「うろこだ」デービットは囁いた。デービットははっきりと、そのうろこを思い浮かべることができた。大きさも厚さも屋根のかわらと同じくらいで、丸みがあり、根元にかけて細くなっている。

グウィネヴィアはうろこを胸に抱きました。龍からの贈り物は大切にしなければなりません。このしるしのおかげで、ガウェインが戻ってくることがわかったのですから。

「ガウェインは、グウィネヴィアが自分のことを気の毒に思っていることがわかったんだ。自分を助けたいと思っていることが」デービットは呟いた。

「そう。でも、その方法まではわからなかった」リズは言った。

それでも、ガウェインは再びグウィネヴィアのもとを訪れました。七日七晩、グウィネヴィアは龍に子守唄を歌い続けました。ガウェインは、川岸でグウィネヴィアの傍らに寝そべることもあれば、彼女を乗せて雪を頂いた山々へ飛んでいくこともありました。グウィネヴィアの歌は、ガウェインの心を静めてくれました。けれども、月の移り変わりとともに、ガウェインの力も衰え、お腹の中の炎はその輝きを失っていきました。そしてある晩、とうとう翼を持ち上げる力さえなくなり、ガウェインは飛ぶこともできずに、爪を立て煙を吐きながら谷を這い回りました。もうすぐ、地上から龍は姿を消す。ガウェインは星空に向かって吼え、尾を打ち下ろし、絶望に打ちひしがれました。

「そして人間たちが、」ルーシーが早口で言った。「人間たちが来たの」

「やりを持って」デービットはその光景を思い浮かべた。「人間たちはガウェインを殺そうとした。彼が弱っているうちに」デービットは、まるで悪夢の中で足首をそっとつかまれたように、足をばたつかせた。

「死にかけた龍ですら、骨を灰にすることができる」リズは続けた。

ガウェインは前へ進み出て、地面に炎の筋を描きました。村人たちはおそれて、たじろぎました。やりを投げた者もいましたが、まるでわらのようにはね返されました。グウィネヴィアは、村人たちのいわれなき行いに憤り、ガウェインのもとへ走って永遠の愛を誓いました。村人たちは、そんな彼女を愚かだとなじりました。

さびしく年老い、死ぬことになるだけだと。ガウェインは、種族最後の生き残りであり、その命も燃えつきようとしているのに、と。グウィネヴィアにも、それはわかっていました。けれども彼女の意志は強く、その想いは純粋でした。グウィネヴィアは、龍の炎を絶やさない方法を探してみせると、誓いました。けれど、誰にそんなことを相談すればいいのでしょう？　誰が人間と龍のことを知っているというのでしょう？

「年をとった者」デービットの目が、まるで谷底にいる人の姿を探すようにまぶたの下で激しく動いた。「覚えている者……まだ多くの龍がいたころのことを」

「グウィラナ」ルーシーが囁いた。「グウィネヴィアはグウィラナのところへ行った」

デービットの頭の中に、ひとつの絵がゆらめくように浮かんできた。グウィラナ。悪臭を放つ老婆。折れた歯。べっとりと灰のついたもつれた灰色の髪。焚き火が燃えるほら穴の入り口に座り、あたりには骨や毛皮が散乱している。「追放された女」デービットは呟いた。「人々はグウィラナを恐れている。痩せこけた手と気味の悪い目――スープのようににごっている」

「海よりも深い目」リズが言った。

グウィラナはグウィネヴィアをほら穴へ招き入れました。すでに、少女が訪ねてきた理由は知っていました。「龍の炎を救いたいんだろ?」グウィラナはかん高い声で笑いました。本当に尋ねているのではなく、自分の力を見せつけているのでした。

「そんなやつは信用できない」デービットは口の中で呟いた。
「そうかもしれない」リズは言った。

けれども老婆が、グウィネヴィアの唯一の希望でした。グウィラナは、噛んでいた骨を火の中に吐き出しました。そして、秘密を教えるかわりにうろこを手放すよう、要求したのです。グウィネヴィアは袋を開けました。龍の体から落ちたその日から、肌身離さず持ち歩いていたのです。グウィラナはうろこをひったくるように取ると、ヘビのような舌でぺろりとなめ、美しいグウィネヴィアにそばに寄るよう、手招きしました。そしてタカのような指で、その髪を撫でました。

「切るつもりなんだ」デービットは息を飲んだ。「うろこで」

ひと房だけ。あっというまに、それは終わりました。グウィラナはもう一度髪をうろこでこすると、ぱちぱちと燃える火の中に投げこみました。火の粉がほら穴の天井にまで上がり、どこか遠くの雪山で、ガウェインが頭を振り上げてほえました。

ハアー。上のほうからすさまじい叫び声が起こった。

デービットは毛布の折り目をしっかりと握った。「大きい。ほら穴の壁が揺れている。岩の裂け目から、埃や石が降ってくるのが見える」

「思い描くの」リズはその言葉を味わうように言った。「命の火が燃えつきようとしている龍ですら、ひと息で地を揺るがすことができる」

「ハアー」まるでそれを証明するように、ルーシーが息を吐いた。

さて、老婆はグウィネヴィアの腕を取りました。その指は、まるでかぎ爪のように肉を切り裂きました。「龍とともに炎となれ」グウィラナはヘビのような声で囁きました。「そしてともに水となるのだ」そして穏やかに照らす月を指さしました。

「彼の炎は、満月とともに尽きる。龍の習わしどおり、一人で死ぬことを願うだろうが、おまえはその場にいなければならない。いいかい、最期のときが訪れると、彼の炎が一瞬、世界に流れ出す。龍は誇り高く、恐れを知らない。だが本当は、心の奥底で涙を流しているのだ。そして最期、息を引き取るとき、炎の涙を流す。それを受けとめるのだ。そうすれば、ガウェインの魂はおまえのものになる。失敗すれば、龍の血は永遠にとだえるだろう……」

「炎の涙……」デービットはつかれたようにくり返した。

「夢を見て」リズは囁き、ルーシーはもう一度歌を歌いはじめた。

デービットはあくびをして、枕に頭をうずめた。ベッドの上でなにかが動いたのがかすかに感じられた。そしてふっと軽くなり、動きが自由になった。デービットは足を伸ばして、ウィンストンに寄りそった。体から力が抜けていく。思考がただよいはじめた。山の頂にガウェインがいた。こうこうと照る月に輪郭が浮かび上がっている。ショールのようなものにくるまったグウィネヴィアが、貝殻の形の耳に向かって歌を歌っている。龍の首ががだんだんとさがってきた。とげのある尾が力なく垂れ、背中にかけて並んでいたうろこがくたりと倒れた。楕円の目は疲れたようにずっと閉じられていたが、最後にかっと見開かれた。鼻からひと筋の煙が上がり、彼の命は燃えつきた。が、その瞬間、ひと粒の涙が湧き上がり、鼻筋を伝い落ちた。中で紫の炎が燃えている。涙は鼻先まで流れると、きらりと光ってグウィネヴィアの手の中に落ちた。

「よかった」デービットは呟き、半分眠りながら笑みを浮かべた。「うーん。それから?」

それからぱっと目を開いた。リズとルーシーの姿は消えていた。

「リズ?」デービットは呼んで、毛布をはねのけた。「リズ、どこにいるんです?」

デービットはベッドから下りると、廊下に出た。家は夜の静けさに包まれていた。

デービットはそのまま歩いていって、窓から入る月光に照らされた階段の下に立ちつくした。「リズ?」デービットは呼んだ。「まだ話は終わってないのに。ガズークスはどうすればいいんです?」

突然、闇の中からなにかがパタパタと飛んできて、月光の中にぽつんとオレンジ色の点が浮かび上がった。デービットははっと息を飲んで、左側を見た。階段の柱を、かぎ爪のついた足がつかもうとあがくのが見えた。翼を持った小さな生き物が、柱の上に降り立った。

グラッフェンだった。

# ガズークスを焼く

「フウッ」グラッフェンは鼻息を吹いて、猟犬のような鼻を階段の上に向けた。

「龍のほら穴？」デービットは言ってみた。

グラッフェンは煙の輪をふうふうと吐き出すと、うなずいた。そして翼を広げ、下宿人の肩にとまった。「ハアー」デービットの耳たぶが熱くなった。

「どうも」デービットは一瞬ひるんだけれど、階段を上っていった。

上がりきる手前で、デービットはもう一度、見晴らし窓のほうを振り返った。すると、険しい顔をした龍が、小さな温度計の球の部分を叩いていた。そして、下宿人が横を通ると、ハアーと暖かい空気を吹きかけた。一方、洗面所では、タンクの上に座っていた龍が美しいバラの香りの炎を吐いていた。

「やっぱり」デービットは呟いた。「きみたちが本物だってわかってた」

グラッフェンは、まるで「あたりまえさ」と言うように、さっと尾を振って、龍のほら穴のドアノブにハアーと息を吹きかけた。

すると、リズのアトリエのドアが勢いよく開いた。

デービットはじりじりと入っていった。

〝あたたかい〟歓迎だったけれど、熱烈な歓迎というわけではなかった。棚をつかむかぎ爪に力が入り、龍たちがいっせいに首を伸ばして下宿人を見つめた。不満そうに顔をしかめるものもいれば、しっぽを振るものもいる。デービットが説明の言葉を口にしようとすると、一匹の龍が静かに鼻を鳴らした。ガズークスだった。ガズークスはろくろの上に座っていた。紫の目がひとつ残らず、物語を書く龍に注がれた。

不思議な静けさがあたりを包みこんだ。部屋が暗くなり、龍たちは息をひそめた。デービットはガズークスの前にひざまずいた。龍はしょんぼりとうなだれていた。鉛筆とノートは脇に投げ出され、まるで鉛筆を持つほうの足で目をこすったみたいに、鼻柱のしみが濃くなっていた。

「ああ……もういらないなんて言って、ごめんよ」デービットは囁いた。「戻ってきてくれ。きみを愛してるんだ、本当に……」

ガズークスはプスッとわずかな煙を吐いた。頭をがっくりと垂れ、その目の端でなにかがきらりと光った。紫の炎の入った涙だった。

棚から、はっと息を飲む音がした。

デービットの肩にとまっていたグラッフェンは、かん高い鳴き声を上げると、翼の下から本をさっと取り出した。背表紙に、もったいぶった題名が見えた。『**龍の番人——初心者のための手ほどき**』。グラッフェンは稲妻のような速さでページをめくると、九十七ページを開いた。そしてトーストのくずらしきものをフッと吹き飛ばすと、デービットに見るよう、一生懸命そのページを叩いた。

**泣く（特別な龍には危険である）**

**一．龍を安全なところへ連れていく**
（グラッフェンはここに焼け焦げのチェックをつけた）
**二．万一、炎の涙が流れた場合受けとめること！**

デービットは、ガウェインの物語を思い出して、両手をさっと出して落ちてくる涙を受けとめた。

部屋中から、龍たちがほっとしてハアーとため息をつくのが聞こえた。

「次は？」デービットは訊いた。リズの物語はここまでしか聞いていない。グウィネヴィアはガウェインの炎の涙を受けとめた。でも、それをどうしたんだろう？　デービットは手のひらの真ん中で涙を転がしてみた。中の炎はゆらゆらと踊り、天井に紫の影を投げかけた。ろくろの上で、ガズークスは深く暗い眠りについていた。グラッフェンがデービットの肩に爪を食い込ませた。デービットは次の指示を読んだ。

## 三・炎を解き放つ

デービットは親指で炎の涙を押してみた。涙はつぶれて広がったけれど、はじけはしなかった。デービットはそこにあった製作用の棒を取ると、それで突き刺してみた。涙はへこんだけれど、やはり割れなかった。

「どうやって？」デービットはグラッフェンに訊いた。番人の龍は心配そうに肩をすくめた。棚から、困ったような深い、ハアーといううめきがもれた。

誰も、炎を解き放つ方法を、知らないのだ。

すると、カチンという音がして、ガズークスがうろこを落とした。

そして突然、グウィラナが部屋に現れた。

デービットと龍たちはいっせいに身を引いた。ドアのところで霧が渦を巻いていた。まるでグウィラナは雲から落ちてきたというように。

「龍とともに水になれ」グウィラナはかん高い声で笑うと、知恵を授けた代償として、うろこをひったくった。そして汚らしい指で、デービットの頰に触れた。デービットの目に涙が湧き上がった。グウィラナはヒィヒィと笑って、ぱっと消えた。涙はデービットの顔を伝って、手のひらの炎の涙に向かってポトリと落ちた。まるでしゃぼん玉のようにふわふわと落ちていく。その中に、コンカーの姿が見えた。仔リスは頭を傾げた。まるでデービットと自分は、最初からお互い欠かせない存在であったのはわかっていたというように、じっとデービットを見返した。そして、もう傷もかさぶたもない目を、感謝の気持ちを表わすように一回ぱっとつぶって見せた。すると、涙同士がまざりあい、やわらかなシュウウウ！　という音を発して、小さな炎だけが残された。

痛みはなかったし、炎も熱くなかった。むしろ軽くチクチクとするのが心地よく、皮膚の隅々まで刺激が伝わった。デービットは、頭から足の先までその感覚を味わった。体の内側で、龍の炎が燃えている。本能的に、望めばそれを手に入れられるのがわかった。一回息を吸いこめば、炎を飲みこめる。けれどそうすれば、ガズークスは本当に死んでしまうだろう。

あなただけが再び炎を燃やすことができる、とリズは言った。

この炎は龍のものなのだ。

デービットは炎を、うなだれた緑の鼻先に近づけてやった。炎が、円錐形の鼻を包みこんだ。しばらくのあいだ、なにも起こらなかった。炎はふっと小さくなったり、傾いたりしながら、やわらかな光をちらちらと発していた。消えてしまうかもしれない。そう思ってデービットは、思い切って前に屈むと、炎をそっと吹いた。炎はくるくる回りながら、鼻の穴の中に入っていった。とたんにガズークスはくしゃみをした。が、外に向かってというより、内側に向かってしたような感じだった。尾についたとげがピクッと動いた。うろこがカタカタと鳴った。ガズークスはブルッと震えて、咳をすると、ひと筋の煙を吐きだした。灰色になっていた目が、緑に変わり、それから紫になった……。

棚中から、龍たちが喜んで翼をばたつかせる音が沸き上がった。

ガズークスの火がついたのだ。

グラッフェンはデービットの肩で宙返りをすると、急いで本にある手順を調べた。

四・炎を再び燃やす
五・もう一度窯焼きすることを強く推奨

グラッフェンは五番を指さした。

「オーブンがない」デービットはちょっと顔をしかめた。

グラッフェンは鼻を鳴らして、本をぴしゃりと閉じた。それから興奮したように前足でグウィネヴィアをさした。

グウィネヴィアの楕円の目がゆっくりと開いた。

紫色の光が二本、放たれた。

グウィネヴィアは首を伸ばして、ガズークスを見おろした。

部屋中で、龍たちが震えるような声で歌いだした。

グウィネヴィアはがっしりとした前足を開いた……火柱がほとばしり出た。

ハアアアアー！

ガズークスは、真っ白い光の輪に飲みこまれた。龍はヒクヒクと引きつって、片方の足を上げた。パチパチと音がしてとがった耳が震え、鼻からパフッと煙が上がった。

すると、闇の中からガウェインが現れた。はっと息を飲むような音がして、龍たちはいっせいに頭を垂れた。ガウェインは力強い翼を広げ、頭を突き出して、炎を吹いた。ガズークスは頭を振りたてて、炎を浴びた。みるみるうちに、背中のうろこが立ちはじめ、尾がくるりと巻いた。背筋がすっと伸び、体の表面に最初の輝きが戻ってきた。ガウェインは大きな声で吼えると、もう一度炎を吹いた。窓にかかったステンドグラスの小さな飾りが、ヒモの先でくるくると回って、ガラスにチンチンとあたった。オレンジ色の光が、部屋中でちかちかと瞬いた。

ガズークスは頭を振って、さっと体を起こした。足をバタバタさせ、尾で床を叩いた。うろこがドミノの札のようにカタカタと鳴った。ガズークスは、弧を描くように優雅に首を伸ばすと、喜びの声を上げて炎を吹いた。ハアー——。

「よくなった?」デービットは訊いた。

ガズークスはお礼を言うようにうなずいた。グラッフェンがパタパタと飛び立ち、ガズークスに大事な鉛筆を渡した。

「それはなに?」デービットはノートを指さした。そこには、書きかけのメッセージが残っていた。

「たび?」デービットはぶつぶつと読んだ。

ガズークスは首を振った。そして鉛筆をなめると、文字を書き足した。

「たびだち」デービットは読んだ。

ガズークスの顔がぱっと輝いた。

外では朝日が顔を出し、まだ眠たそうなウェイワード・クレッセントに差しこんだ。そして、デービットの中でも、ひらめきの光が差しはじめていた。

「旅立ち」デービットはもう一度言って、にこっとうなずいた。「もちろんそうだ。それこそ、物語の終わりにふさわしい……」

ソフィーはあまりに笑ったので、脇腹が痛くなった。

「やめろよ」デービットはむすっとして言った。「ぼくは本当のことを話してるんだ。リズはそうやってるんだよ。龍たちは自分で自分を焼いているんだ」

ソフィーはポケットからティッシュを出すと、目を右と左と二回、軽く叩いた。「デービット、あなたのせいでマスカラがとれちゃったわ」

「ふざけてるんじゃないんだ。あの龍たちは本物なんだよ。目が紫になって、生き返るんだ」デービットは、うれしそうな顔で窓辺に座っているガズークスを見た。「ソフィーに見せてやれよ。ほら。しっぽを振れよ」

「もう、やめて」ソフィーは舌を鳴らして、こぶしを振った。「そこまでやると、わざとらしいわ」

「もういいよ」デービットはため息をついて、ベッドの上にどさっと座った。そしてギターを取ると、調子っぱずれに弦をつまびいた。

ソフィーはコンピューターの前のイスに寄りかかると、足を伸ばしてつま先でデービットをつついた。「ほら、夢を見たのよ。それだけよ。はっきりした夢だったことは認めるわ。きっとリズの物語に影響を受けたのね。だけど、それだけよ。本物の龍なんているはずないでしょう?」

「いる」デービットはやんわりと言い張った。廊下でルーシーの足音がした。「リズは隠すのがうまいんだ。二人であの子守唄を歌って、夢だって思わせるんだ。ぼくはその場にいたんだ、ソフィー。見たんだよ。本当に」

ソフィーは腕を交差させて、唇をつまんで笑顔を作った。「わかったわ」ソフィーは一気に言った。「今度、お茶を飲んでるときに訊いてみる。ふう、おいしいわ、リズ。ああ、そういえば、昨日停電があったの。どうやったらグレースにろうそくをつけてもらえるかしら?」

「かんたんさ」デービットは真剣に言った。「リズなら、ろうそくどころか、かがり火だってできる。あの二人は、体の中に龍の炎を持ってるんだから」

ソフィーはぴしゃりと自分の顔を叩いた。「じゃあ……どうやって、外に出すわけ?」

台所から叫び声が聞こえて、デービットは答えそこねた。「ルーシー、急いでー。雲が出てきたわ。雨が降ったら、儀式はできないわよー」

「儀式?」ソフィーは窓のほうを見た。

デービットはスニーカーに足を突っこんだ。「ルーシーがコンカーのために木を植えることにしたんだ。公園で見つけたトチの実を」

部屋の前を、ルーシーがバタバタと走っていった。「デービットとソフィーも呼んでい

い、ママ？」

「コートが先。外はひどい寒さよ」

ルーシーがバタバタと戻った。

「木。とてもいい考えだわ」ソフィーが言った。「繋がりを忘れないようにするのは、い

いことよ」

「あの二人自身が繋がりなんだ」デービットはセーターをかぶりながら言った。「本物の

ガウェインが死んだとき、どうなったか、ぼくにはわかる。グウィネヴィアは炎の涙を受

けとめて、解き放った。ぼくが、ズーキーの炎を解き放ったように。だけどグウィネヴィ

アは炎をガウェインに戻さなかった。ガウェインを再び燃やそうとしても無駄だ。ガウェ

インは自然な死を迎えたんだから。だからグウィネヴィアは次にいいと思われることをし

たんだ。炎を取っておくことで、二人の愛を永遠に守ろうと考えたんだ。そして、あとは

〝続く〟さ」

ソフィーはちらりとドアのほうを見た。「リズがグウィネヴィアだって言っているんじゃないでしょうね？　何億歳とかそのくらい歳取っているって？」

「違うよ。もちろんそうじゃないさ。ぼくが思うに、リズとルーシーは――」

子どもの手が三回ドアを叩いた。「庭に出るわよ」

「すぐ行くわ」ソフィーが答えた。

「――あの二人は、グウィネヴィアの子孫なんだ。グウィネヴィアは子どもをもうけて、グウェンドレンと名づけた。だから、ルーシーの龍はルーシーに似てるんだ。ぼくの全財産をかけたっていい。あの二人は、ガウェインの炎を持ってるんだ。人間でありながら、体の中に龍の炎を抱えているってどんな気持ちだろう？」

「ひどい消化不良でしょうね」ソフィーは言って立ち上がり、髪をまとめてくしゃくしゃのリボンのゴムでとめた。「あなたって本当に上手。ぜひとも仕事にすべきよ。きっと大金持ちになれるわ」

「そのつもりさ」デービットは答えた。「次は『ウェイワード・クレッセントの龍たち』って話を書くんだ。今度は、あのグウィラナって婆さんが出てくる。あの婆さんにはなにかある。龍のうろこでなにをするのか、知りたいんだ」

そのときドアがカチッと開いて、ボニントンが押しこまれた。

「ほら、二人を連れてきて」

ボニントンはなにやらネコらしく呟くと、布団の上に飛び乗って、ニャオオオオオオと物悲しい声で鳴いて騒ぎたてた。ソフィーはボニントンを抱き上げると、頭に鼻をすり寄せた。「龍のほら穴をうろついちゃだめよ、ボニー。グラッフェンに耳とヒゲを黒焦げにされちゃうから」

「ボニーもあっちの仲間なんだ。へいちゃらさ」

ソフィーは笑って、ボニントンをおろした。「本気にしちゃだめよ。この人はおかしいんだから。さてと、外はどのくらい寒いかしら？　コートを着たほうがいい？」

デービットはソフィーを上から下まで眺めた。「そのままでじゅうぶんすてきだ」

ソフィーは親指を舐めて、洋服についたネコの毛を取った。「デービット、今から木を植えに行くので、食事しに行くわけじゃないわ。だいたい」そう言って、ソフィーは赤らんだ。「なんでもない服だし」ソフィーは銀色のもようのついた黒いＴシャツと、それにあう黒いズボンをはいていた。

「シンプルなものが似合う」デービットは言って、プリンターから紙を引き抜いた。

ソフィーは眉を寄せて、ちょっと顔をしかめた。「今度はだいなしにしないでよ。あのときまではうまくやっていたんだから」

デービットは、ソフィーの目にかかった髪を上げた。「そんな子どもっぽいところもぼくの魅力だろ」デービットはにっと笑って、ソフィーの頬に軽くキスをした。「グレースがなにかやらかすのを待つんだな。そうしたら、このクレッセントには龍がいるって信じるさ。さあ、木を植えに行こう」そして紙を丸めると、ドアのほうを指した。

「その紙は？」

デービットは部屋の奥のガズークスのほうを見て、ウィンクした。「きみが来る前、ぼくたち二人で作ったのさ」

# コンカーの木

「この木が大きく強くなって、いつまでもみんなを幸せにしてくれますように――この言葉はソフィーに教えてもらったの」ルーシーは言った。そして、ロックガーデンの脇に掘った穴の横にしゃがんで、トチの実を中に落とした。

「とても詩的ね」リズが言った。「水をやってもいい？」そしてじょうろを傾けた。水が勢いよく飛び出して、穴をこえてデービットの足にかかった。

ルーシーはむっとした顔をして立ち上がった。「ママ、まだ穴を埋めてないのよ」そしてもう一度しゃがむと、土をかぶせ、それから母親に水をやってちょうだい、と言った。

リズはもう一度じょうろを傾けた。

すっかり水たまりができると、ルーシーは「〝儀式〟の第二部に進みます」と言った。

「じゃあ、みんなになにかいいことを言って」

「たとえば？」リズが訊いた。

ルーシーは、勢いよく手を腰にあてた。「たとえば、『この木が大きく強くなって、いつまでもみんなを幸せにしてくれますように』みたいなものよ」

「ルーシー、わたしは詩は苦手よ」

「わたしが言います」ソフィーが手を上げた。「コンカーのことを言えばいいのね?」

「うん」ルーシーが言った。

ソフィーは両手を組み合わせて、まるでこれから歌うみたいにコホンと咳ばらいをした。

「コンカー、ありがとう。わたしがこのすばらしい家に来られたのも、あなたのおかげです。もしあなたがいなかったら、エリザベスともルーシーとも……あら、もう一人は誰だっけ? デービットとも知り合えませんでした!」そしてデービットの頬にからかうようにキスをした。

「ママの番」ルーシーは母親を見た。

リズはじょうろを下におろした。「この木を大切にして、この木を見るたびにコンカーのことを思い出すことを約束します」

「はい。じゃあ、デービット」

みんなが下宿人を見つめた。

デービットは隠していた両手を出すと、プリンターからとった紙を開いた。「コンカーだけじゃなくて、リスたちみんなに。《**スニガーとドングリかいじゅう**》の最後の章です。

特別に書き直した、第二稿です」そして、ルーシーに向かって片方の眉を上げた。ルーシーが母親のほうを見ると、母親は指を唇にあてた。

ある風の強い日、スニガーが図書館の公園のアヒル池のほとりに座っていると、リングテイルが弾むように駆けてきました。

「聞いたかい?」リングテイルはハアハア息を切らしながら言いました。「チェリーリーがコンカーの巣に住むことになったんだって!」

スニガーはびっくりして体を起こしました。「バーチウッドが、チェリーリーを追いかけてたと思ってたけど?」

リングテイルは耳のうしろにいたノミを蹴っ飛ばしました。「ああ、コンカーが来るまではね。だけど、やつはコンカーがきてからすっかりセンチメンタルになっちゃって、かわりにコンカーにチェリーリーを追いかけさせたんだ。でも、コンカーのあの目じゃ、うまく追いかけられないだろ。チェリーリーはわざと捕まえさせたんだ」

スニガーは爪にこびりついた泥をとって、不機嫌そうにぺっと地面に吐きました。

「へ! チェリーリーのやつ、ぼくには一回も捕まえさせなかったのに」

「そりゃそうさ」とリングテイルは呟きましたが、スニガーには聞こえませんでした。

ルーシーは口に手をあてて、くすくすと笑った。

「コンカーはどこ？」リングテイルがききました。

「旅に出ちゃったよ」スニガーはまるでドングリをカリッと割るように、なにげない調子で言いました。

リングテイルの目が飛び出そうになりました。

「ぼくたち一緒に、巣の近くの花壇を掘っていたんだ」スニガーは言いました。

「そしたら、コンカーがぴょんと芝生に飛び上がって、よくないほうの目で図書館を見わたした。それで小さいあくびをして、ぼくはここが大好きだ、きみに会えて本当に幸せだよ、って言ったんだ」

「悪いドングリにあたったな」リングテイルは呟いた。

「――それから伸びをして、すぐに行っちゃったんだ」

「ああ、もうだめ」リズは鼻をすすりながら、ポケットのティッシュを探した。

ルーシーは、デービットの手に自分の手を滑りこませた。「それから?」

デービットは、原稿に目を戻した。

スニガーはそわそわと動き回りました。お日さまがこずえの向こうに沈みはじめ、公園をマーマレード色の光で包みこみました。「ドングリかいじゅうと小さな女の子がコンカーを連れていった。そして、埋めたんだ、ドングリみたいに」

ソフィーの頬を涙が流れ落ちた。

リングテイルはそれがいいというように、ひげをヒクヒクさせました。「ぼくが旅に出るときも、ドングリかいじゅうを探すよ」リングテイルは言った。「きみじゃ、植木鉢の中のドングリだって見つけられないだろうね」スニガーはからかうように言うと、ぱっと走り出しました。リングテイルもすぐに追いかけました。

二匹はぴょんぴょん跳ねながら、柳の並木の下をくぐって空き地に出ると、オークの大木のほうへ走っていきました。はるか頭上の、青白い十月の空から、お日さまがウインクしました。枯れ葉がはらはらと舞い、まるでゆっくりと出来上がっていくジグソーパズルのように、小道や花壇や芝生を埋めていきます。トチの高い木の下を、涼しい風がさらさらと音をたてながら吹いていきました。どこか遠くで、図書館の時計が鳴りました。マガモがグワッと鳴きました。ハトがクークー喉を鳴らしています。お日さまはゆっくりとスクラブレイの向こうに沈んでいきました。図書館の公園は、コンカーと同じように平和でした。……終わり。

「ばんざい！」ソフィーは叫んで、大きな拍手をはじめた。

「すてきだわ」リズはチンと鼻をかんだ。

ルーシーは、デービットの手を握ったまま、うれしそうに大きく振った。「今度の終わり方は大好きよ。前のより、ずっといいわ。だけど、コンカーが立て札の近くの木の洞に巣を作るのを、バーチウッドが手伝えばもっとよかったと思うけど」

「そこは書き直すよ」デービットはため息をついた。

ルーシーはにっこりして、デービットにもたれかかった。

デービットは、お尻をぽんとルーシーにぶつけた。「コンカーのためにできるだけのことはしてやったよな？」

「うん」ルーシーは言った。「これからも、この庭の動物みんなのためにがんばる」

「そうだな」

「約束？」

「ああ、約束だ」

「本当に約束？」

「誓います。破ればカエルと結婚します」

一瞬、間を置いて、ルーシーが言った。「昨日、ハリネズミを見たわ」

デービットの顔がちょっと青くなった。「やめてくれ」

けれども、そう言いながら、ちらりと寝室の窓のほうを振り返った。

スパイキー《とげとげ》

ガズークスはさっとノートに書きつけた。おまけに、その下に線を引いた。

二本も。

# 作者より、読者のみなさんへ

子どもたちに、「本を書くのはどれくらいかかるの？」と訊かれることがあります。答えは、短い本なら一時間、小説なら数か月までといろいろですが、この『龍のすむ家』は十五年近くかかりました。といっても、龍がその前足でせっせと書いたものを一から写したからではありません。小説家がよく言うように、「濾過」するのに時間がかかったのです。デービット・レインはぼくです。実際、まだ若くて浅はかだったころ、ぼくはぼさぼさの茶色い髪を生やしていました。今では、リスたちの毛よりも灰色になってしまったけれど。ケントのブロムリーにあるチャーチヒル図書館の公園で何匹かのリスに会いました。ぼくのサンドイッチを食べていたのです。そのリスたちが、今回の物語になりました。龍のほうは、そうだなぁ。ほんとうに龍たちのことを知りたいなら、ぼくをきみたち学校に呼んでくれなきゃ――あれ、ちょっと待って。ガズークスが何か書いてる……。

グラッフェンがハァーッて言ってる

ちぇっ、グラッフェンか。また飛びまわってるんだな。グレーテルが来るまでの辛抱だ。そうすれば、グラッフェンもおとなしくなるから。グレーテルってだれだって？　それはまた次のお話です。それはそれで、今度書かなきゃ、と思っています。でも今は、このお話を楽しんでください。きみがもしぼくと同じで書くことが好きだったら、いつかきっと自分のガズークスが見つかると思います。

では、また。幸運を祈ります。

クリス・ダレーシー

# 訳者あとがき

本書は、二〇〇三年に出版された『龍のすむ家』の文庫版です。二〇〇三年！　デービットと龍たちの物語と出会ってから、もう十年も経っているなんて、信じられない気持ちです。わたしの部屋においてある初版本も、浅沼テイジさんが描いてくださった装画が、少しだけ、色褪せています。十年のあいだに、くしゃくしゃ髪の、ちょっとシャイな大学生だったデービットも、〝麦わら色〟の髪をしたやんちゃな小学生のルーシーも、そして、陶器なので本来は変わるはずのないペニーケトル家の龍たちも、ずいぶん変わりました。本シリーズ（五巻目が四月に出る予定です）を読み進めていただければ、お人よしでドジなデービットが、下宿先を見つけそこなって、ペニーケトル家のドアを叩くことになったのは、決して偶然ではなかったことが、わかってくると思います。

これから先、デービットもルーシーも成長し（ルーシーは、ペニーケトル家の〝血〟が強くなるにつれ、髪はリズと同じく燃えるような赤毛になり、やがて恋も知ることになります）、物語もイギリスを飛び出して、北極から、最終的には宇宙まで、そのスケールをぐんぐん広げていきます。デービットがペニーケトル家にきた理由も含め、さまざまな謎が明らかになり、それがまた新たな謎を呼びこんで、龍と人間の壮大なドラマに発展するのです。

　そんな展開に毎回驚かされ、今ではすっかり作者ダレーシーさんの世界の虜になったわたしですが、一方で、いちばん思い入れがあるのは、やはりこの一巻目かもしれません。ロンドン郊外の大学町を思わせるスクラブレイの街並み、市民の憩いの場である図書館や、図書館に併設された緑豊かな公園といった背景から、下宿屋の魅力的な大家さんリズや、変わり者の隣人ベーコンさんなどの登場人物、そして、彼らのあいだで交わされる会話にいたるまで、そこかしこからイギリスらしさがにじみだしています。子どものころから、イギリスの文学、特にファンタジーに慣れ親しんで育ったわたしは、どこか懐かしいような気がしてしかたありませんでした。

　だからこそ、最初、この物語を訳したときは、日本の読者、特に現代の子どもに、幅広く受け入れられることはないかもしれない、と思っていました。今、多く読まれているような、事件につぐ事件で読者をひきつけたり、極端な善、あるいは悪を描いたり、だれもが納得する答えが用意されている作品とは、ちがうからです。ところが、実際は、子どもから大人まで本当に多くの方たちが、この本を手にとってくださいました。当時の読書カードのコピーの束（すごい量！）は、今でも大切に取ってありますが、いろいろな方たちが、いろいろな読み方で、いろいろな楽しみ方をしてくださっていることが、伝わってきます。

「わたしの中にもガズークスが棲んでいる……はず。まだ名前もないけど、いつかかならず天空に飛び立たせよう」

「小さな命を皆で力を合わせ守ろうとする心のあたたかさ、気持ちのよい涙も……」

「音や空気がそのまま伝わってくるような感じ。人の優しさもとてもあたたかかった」

「久々に本家イギリスファンタジーを堪能しました」

「日常の中に現れる不思議のきらめきがうまい」

こうした感想を読むにつれ、受け取るひとや、そのときの年齢や状況によって、さまざまな読み方ができる、この物語の底知れない力を感じます。

ですから、十年前にこの物語を読んだ方が、もし今回、ふたたびこの文庫版を手にとってくださるとすれば、デービットとガズークスの関係も、またちがうように映るかもしれません。自分の将来にどんなことが待ち受けているのか、何も知らずに、リズとルーシーのもとで下宿生活を始めたデービットは、自分だけの〝特別の龍〟ガズークスをプレゼントされます。最初、ガズークスがエンピツとノートを持っていることの意味すら、ぴんとこなかったデービットですが、やがてガズークスに導かれるように作家としての才能を開花させるのです。この十年間で、自分の〝特別な龍〟を見つけたひとや、これから探すひともいるかもしれません。主人を代えたグレーテル（これから、出てきます！）のように、思っていたのとはちがう龍が、〝特別な龍〟になったひともいるでしょう。わたしも思わず、わたしの〝特別な龍〟はなにを持っているだろう、と考えてしまうことがあります。

これからも、みなさんがいろいろな形で龍たちの世界に親しんでくださいますように。

最後になりましたが、十年前からずっとお世話になっている編集の小川よりこさんに、心から感謝を。

二〇一三年三月

三辺律子

龍のすむ家
The Fire Within

２０１３年３月２８日　初版第一刷発行
２０１３年５月　２　日　初版第三刷発行

著……………………………………………クリス・ダレーシー
訳………………………………………………………………三辺律子
イラスト…………………浅沼テイジ（ネコノテンシスタジオ）
ブックデザイン…………………………橋元浩明（so what.）

発行人…………………………………………………………伊藤明博
発行所……………………………………………株式会社竹書房
〒102-0072　東京都千代田区飯田橋２－７－３
電話　03-3264-1576（代表）
03-3234-6208（編集）
http://www.takeshobo.co.jp
振替：00170-2-179210
印刷・製本…………………………………図書印刷株式会社


ISBN978-4-8124-9387-8　C0197
Printed in JAPAN